文化散文
经典系列

周吉敏

著

古游录

长江出版传媒　长江文艺出版社

目　录

时间深处的戏魂

参军戏是汉唐古剧，是中国戏曲蓓蕾时的情态。一九八七年，黄岩灵石寺塔出土了六块吴越参军戏人物砖。这是东南沿海一带，迄今为止发现的宋之前的戏曲文物。

宋室南渡之际，中国最早成熟的戏曲形式——南戏，在温州产生，而后走向全国。台州与温州，同属东瓯故地，地缘相亲，文脉同源，五代时都在吴越国治下。在这片大海馈赠的古老大陆上，戏神早已降临，等待一个时机的到来。

一　杨花似雪弄参军

楼台重叠满天云，殷殷鸣鼍世上闻。

此日杨花初似雪，女儿弦管弄参军。

晚唐诗人薛能的《吴姬》诗里，柳絮飞白，弦管流转，歌声绕云，弄参军观者如潮。好一个明媚的春日啊！在吴姬的杏眼里，江南的春水似乎又涨了几分。

黄岩灵石寺塔出土的六块吴越戏剧人物砖，似乎就是吴姬弄参军的场景。这些戏剧砖阴线浅刻，其中四块长方形砖上各刻了一个人物，另外两块方形砖上各刻了两个人物，与佛像砖、花草砖、铭文砖陈列在一起，呈现了五代时期江南戏剧演出的情状。

站在六块戏剧古砖前，就像是在看那个年代戏剧表演"直播"，砖就是当时的屏幕。刚开始你是一个人看，而后你会感觉到围观的人越来越多，他们从时间深处赶来，就如现在村里请戏班，乡人们脚步参差，身影晃动，会聚到戏台前——小儿坐在大人的肩头，后排的人努力踮起脚尖，引颈而望，指手画脚，人潮拥挤，人声鼎沸。

戏开场了。

先上场的那个戴着幞头，两条幞带上扬，着交领窄袖袍衫，腰间系带，身体微微左倾，双手斜持一长竿，竿上一根长带，临风飘舞。"参军色执竹竿子作语，勾小儿队舞。"这不就是那个汴京沦陷后，南下临安，思念旧都繁华，写了一部《东京梦华录》的孟元老的声音吗？这就是所谓的"引戏"吧。

接着上场的那个，脸方正平展，戴着硬角幞头，身着圆领中袖大袍，腰围宽带，穿着靴，双手捧着笏板。这是一个"官"。"弄假官戏，其绿衣秉木简者谓之参军。"（《因话录》）说话的是唐朝的赵遴。千年前的扮假官跟现在戏曲中的假官并无区别。

一个右肩扛麾的上来了，也戴着幞头，两条幞带尤长，呈弧形下垂，身着武职袍服，双手握于腹部上，一足挺立，一足支架，麾旌迎风飞扬，垂眉蹙额，显得孔武有力。"参军色……亦如唐代协律郎之举麾乐作，偃麾乐止相似。"（《宋元戏曲考》）这是王国维先生在说话。

再看那个，则戴着冠，身着短衫裤，胸前与两肩均有带结飘垂。左手持觞形物，右手举着一截竹竿，扬于头上，其眼角上挑、嘴角微笑、身姿后仰，神情飞扬，投入全身心在指挥一支乐队。这指挥之杖与竹竿子，都系"麾"演变而来，都是节乐之器。

接着上场的是两个人，一前一后，一大一小。大人在前，戴着幞头，着中袖袍服，身躯侧转，上体稍仰。那个童子，着衫裤，双臂前摆，跟随着大人。这小人，或许是侏儒，唐章怀太子墓壁画中就有一个随身的侏儒俳优。

台下一阵骚动，主角终于上场了。前面的那个扮"参军"，浓眉大眼，戴四脚幞头，两条头巾带翘挺于脑后，另外两巾则交系于头顶，身上穿着交领窄袖袍衫，腰围大带，脚穿绮履，双手叠于胸下，身躯左倾，颔首低眉，神情木讷，一副受到奚落而委屈的样子。后面那个扮演"苍鹘"的，杏眼小口，戴两脚幞头，两翅上扬，身上穿着交领窄袖袍衫，腰间系带，下穿连裤袜，脚蹬绮履，双手则拢于胸前，身躯右倾，引颈启口，眉目传神，戏弄着前者。分明是女扮男装。此二人，一愚一谐，斗智逗趣，插科打诨，在歌舞的助兴下，愈发显得滑稽。

台下，笑声夹杂着起哄声，裹着泥土的气息，掀起滚滚春潮。人们走过荆棘，走过彷徨，一场戏谑，抖落尘土，在诙谐、调笑、机智，甚至放诞中，似乎一切可参。

此时，我看到"吴姬"与"苍鹘"，她们在时空中互递了一个眼神，历史长河中的那些戏魂顷刻相逢。

二 时间藤蔓上的灰色花

"善戏谑兮，不为虐兮。"

《诗经·淇奥》里的这句话，是称赞美武公说话幽默风趣，对人不刻薄。此时的"戏谑"已有幽默、风趣之意。孔子评价《诗经》为"思无邪"。这《诗经》里的"戏谑"也是先人大脑里萌出的天真的诗意，汲取天地和生活的营养，长出思维的藤蔓，穿过时间的河床，抽出一张张幽默、诙谐、机敏、嘲讽的叶子，然后在枝叶间开出一朵朵灰颜色的花来。

这些灰色花就是古代的俳优。《史记·滑稽列传》记载了一个叫优孟的俳优以诙谐的演技助人的故事，后世称为"优孟衣冠"。

诸侯争霸的时代，辅佐楚庄王坐上霸主地位的宰相孙叔敖积劳成疾死了。为治水倾尽了家资的孙叔敖，死后没有留下一点财产，他的儿子生活非常贫困，无奈之下去求助优孟。于是优孟就穿上孙叔敖的衣冠，化上妆，模仿孙叔敖的动作，一年之后就学得无不毕肖。于是，优孟在楚庄王面前表演孙叔敖复活。楚庄王想让优孟做他的宰相。"孙叔敖"说要回家跟妻子商量。三日后，"孙叔敖"对楚庄王说，家里的妇人不同意他为相，认为孙叔敖生前为治理楚国竭尽全力，死后他的儿子连立锥之地都没有，可见他也会遭受他同样的结局。此时，楚庄王才醒悟自己的行为，"于是庄王谢优孟，乃召孙叔敖子，封之寝丘四百户，以奉其祀，后十世不绝"。

古代的俳优跟随在达官贵人和帝王身边，以滑稽进谏，除了优孟，还有优莫、优施、优旃等，他们讽谏的事迹被记入史册而流传了下来。《文心雕龙·谐隐》云："谲辞饰说，抑止昏暴。"这"谐隐"二字，明心见性。"谐"是心，"隐"是性。这二字是刘勰对于俳优职业精神的深层次认知。中国的隐逸文化，是士人对现实的逃避，是一种取舍，一种进退。"隐"于"谐"，是一种精神的创造，似一种哲学。"谐"，是古代俳优的"魂"，也是戏曲古老的"魂"。

参军戏是在"谐隐"基础上发展起来的一种科白类的优戏。它的形成颇为有趣。此时，时间的藤蔓已伸进了汉代。

《太平御览》引《赵书》，记载了这样一个故事。

后赵的周延参谋石勒军事，而后被任命为馆陶的县令，在任上贪污了数百匹黄绢。石勒因爱其才，以八议宽容了他，但并没有就此放过他。每次宴会上，让他头戴帻，身穿黄绢单衣，让俳优戏弄嘲讽他，经久才放过他。

周延免了身体的痛苦，却要经受精神的折磨，成为反面教材。想象一下周延当时被戏弄的场景。

"你是什么官？"

周延低着头嗫嚅着说："我……我是馆……陶……县令。"

"你怎么在我们这些人当中？"

周延抖了几下黄绢单衣，面露难堪之色，说："正是为了这个，今天才来到你们中间。"

在座宾客哄堂大笑。周延满脸羞耻掩面而下。

这场另类的惩罚，细细寻味，很是有趣——帻，是一种平民的头巾，说明周延已被革职。黄绢，是他贪污的标志，穿着示众，有喜剧效果。二人表演，一问一答，推动情节发展，这是表演手段。中间还有动作，抖擞单衣，成为大家的笑料。戏曲的一些元素，比较之前"优孟衣冠"之类的独角戏，已如草木萌芽，顺势而发。

周延被释放后，这个角色被俳优替代，一些社会实事也被拿来加以夸张，达到教化和娱乐的目的。那个被戏弄的为参军，那个戏弄人的为苍鹘。此时的"参军"一词已消解了原来官职的含义，成为固定演出模式中一个固定的角色。这种优戏被称为参军戏。

曾在国家博物馆见过西安唐鲜于庭诲墓出土的参军戏俑。二俑皆为男性，头戴幞头，身着绿色窄袖圆领衫袍，脚穿黑色尖头筒靴。一俑双眉紧锁，低视撇嘴，面作愁苦，袖手斜身。一俑噘嘴瞪目，扬眉斜视，拱手直立，盛气凌人。参军和苍鹘，一愚一谐，形象鲜明。

常在温州乡村庙台的柱子上看到这样一副对联：

你看我非我，我看我，我亦非我

你装谁像谁，谁装谁，谁就是谁

这副联语可谓是"谐隐"的当代阐释。从先秦的优戏、汉唐的参军戏，到现在的戏曲，历经多少个春秋更替，但"寓庄于谐"的原始特质几乎无处不在、无时不在。

三　开到荼蘼情未了

戏的流水，淌过时间的河床，吸纳沿途的风情，逐渐丰茂。

黄岩灵石寺塔砖上的参军戏中，有扮假官的，有指挥乐队的，有勾队引舞的，有参军与苍鹘，风吹花树般地喧腾着。那个女扮男装的苍鹘，一双杏眼溢出来的风华，姿姿势势的。这样的风华，只属于盛唐。

"兰陵美酒郁金香，玉碗盛来琥珀光"，李白的诗里充满了异质、想象、摩登、华美、骚动、自由等诸多气息。那个朝代所有存在的东西为盛唐文化的美酒增添了新的风味——西市酒肆里胡姬妖娆的异域舞姿，长安街上穿着男装骑马经过的女子，丝绸之路上的商队驼铃，敦煌的飞天壁画，滑过肌肤的丝绸，宫廷里的歌舞杂戏，等等，混合在这杯美酒之中，成了供后世品尝的佳酿中的一剂剂甘醇的配料。

歌舞杂戏是这杯美酒散发出的迷人芳香。请看高宗龙朔元年（661 年）的一道禁令。《旧唐书》记载："皇后请禁天下妇人为俳优之戏，诏从之。"禁，可见其盛行。当然禁不了。初唐时，女性加入优戏，赋予优戏伟大的孕育性，也就是塑造性。

这股妇女习俳优之风，其实来自宫廷。

武则天久视元年（700 年）于宴上看儿女辈做戏：玄宗、岐王、代国公主舞"长命女"、弄"兰陵王"、舞"西凉"。中宗于两仪殿大宴群臣时曾观看胡人演"合生"。中唐的代宗、穆宗，晚唐懿宗喜欢倡优戏弄。盛唐的玄宗更不止于喜好了，而是以一种艺术家的执着，经营唐代的歌舞伎艺，使盛唐的歌舞和杂戏众体兴盛。

玄宗举办了一场国际性的文艺盛会，这是中国戏曲史上开气象的大事。

开元二年（714 年），"京都置左右教坊，掌俳优、杂伎，自是不隶太常，以中官为教坊使。"（《新唐书·百官志》）

看看玄宗东西教坊的情状。杜佑《通典》言："散乐……俳优歌舞杂奏，玄宗以其非正声，置教坊于禁中以处之。"这里的"俳优、杂伎"与歌舞等，统称为"散乐"。段安节《乐府杂录》中记载了"驱傩""熊罴部""鼓架部""龟兹部""胡部""舞工"等表演情况，看看各部的命名，就可见教坊"散乐"的来源和盛况了。

教坊里的散乐可归纳为两大类：科白类的滑稽表演系统，与杂伎所擅长的有情节的歌舞表演系统。从艺术发展来讲，教坊是一个大熔炉，散乐之间会产生无限的未知的化学反应。从艺术形态来讲，教坊就是五彩缤纷的大花园，玄宗、杨贵妃和优伶们，就是蜜蜂和蝴蝶，他们在各种花朵上采蜜，然后酿造各种味道的蜜。其中《霓裳羽衣曲》是一种荔枝蜜，级别最高，酿蜜者是玄宗和杨贵妃，一个谱曲，一个创作舞蹈。曲是天作之合，人也是神仙眷侣。他们在各种花朵上尽情采蜜，然后尽力酿蜜。其实，对于他们来说是在刀尖上舔蜜。在马嵬坡，当杨妃接过白绫的那一刻，作为法曲的

《霓裳羽衣曲》已在她的身体里响起，领着她飞升到月宫里去。音乐不会随肉体一起消失，从白居易的《长恨歌》到洪昇的《长生殿》，从歌舞到戏曲，它们最后"隐"于戏。这也是玄宗教坊产生的化学反应跨越时空的结果。

玄宗的教坊当然也创造了许多科白类的优戏，不过被"霓裳"遮盖没有剧本流传下来。但几个俳优的名字在诗歌、笔记等历史文本中隐匿了下来，如狐狸跑过雪地，哪怕历史的雪一直下，还是掩盖不了它们的身影。

《新唐书》中寥寥几笔记载了一名女优——"参军椿"。参军椿是阿布思的妻子。阿布思反叛，在天宝十二载（753 年）被诛杀，其妻充入内廷为女优，擅长演假官。段安节《乐府杂录》"俳优"条记载："开元中，黄幡绰、张野狐弄参军……有李仙鹤，善此戏。"这些人都是玄宗教坊中的伶工，以擅演参军戏闻名。

玄宗的教坊中，尤以黄幡绰最为有名，被誉为盛唐才艺品德第一优人，按现在的说法是"德艺双馨"的艺术家。今人只能从"幡绰"这个艺名中感受他演参军戏的情状。"幡"是旗幡，古时传递命令用的三角小旗。黄幡绰演参军戏，肩头上常插旗幡。而"绰"，就是绰动。幡绰，不就是肩上小旗抖动乱飘、滑稽得让人忍俊不禁的形象吗？

玄宗非常欣赏幡绰，视为知音，随侍在侧，曾假以绯衣。

赵璘《因话录》记载了幡绰的一件事。

杨贵妃宠冠六宫。安禄山献媚，称贵妃为母。杨贵妃便收安禄山为儿子，而作为太子的肃宗李亨，却受到了冷落。一天，玄宗问黄幡绰："是勿儿得人怜?"黄幡绰应声回答："自家儿得人怜。"玄宗听了低下头，沉默了许久。

李德裕《次柳氏旧闻》中记载了另一件事情。

玄宗与他的兄弟们关系密切，称宁王为"大哥"。有一次，玄宗与诸王一起吃饭，宁王吃饭时呛了一口，打了个喷嚏，饭渣喷到了玄宗脸上。宁王惊惭不已。玄宗见他既惭愧又紧张，想安慰他，便问："大哥，你呛饭了吗?"黄幡绰在一旁答道："这不是呛饭，是'喷帝（嚏）'。"玄宗听了大笑起来。幡绰一语双关，解了尴尬的场面。

《因话录》也记载了上面这个故事，并注曰："幡绰优人，假戏谑之言警悟时主，解纷救祸之事甚众，真滑稽之雄!"此誉不及"谐隐"，不解俳优活命的不易，以及隐藏在内心深处的那一份悲凉。

天宝十四载（755年）冬，与玄宗、杨贵妃一起跳胡旋舞的安禄山反了。玄宗奔蜀，许多教坊艺人落入叛军之手，如乐工雷海青拒绝为安禄山演奏，被残酷地杀害。而黄幡绰凭着自己的狡黠和机敏自由地出入安禄山宫中。一日，安禄山梦见自己的衣袖很长，直垂到阶沿下。黄幡绰圆梦说："这是垂衣而治天下。"安禄山梦见殿前榻子（类似书架的家具）倒了。黄幡绰圆梦说："革故从新。"后长安被唐军收复，黄幡绰和叛军一起就擒。黄幡绰被带到玄宗面前，玄宗怜其敏捷，宽恕了他。这时，有人告知玄宗，黄幡绰曾多次给安禄山圆梦，而且都是歌功颂德。玄宗问黄幡绰如何解释，黄幡绰说："微臣不知道皇上已去了蜀地。我既然被贼人俘虏，怎么能不让他们一时高兴，好留下一条性命？今天能再见陛下，更知道给贼首圆梦那是假的。"玄宗问何以见得，幡绰说："逆贼梦见衣袖长，是指出手不得；梦见榻子倒塌，就是胡不得！"玄宗大笑而作罢。

"渔阳鼙鼓动起来，惊破霓裳羽衣曲。"安史之乱，正如《乐府杂录》曰："洎从离乱，礼寺隳颓；箫篪既移，警鼓莫辨。梨园弟子，半已奔亡；乐府歌章，咸皆丧坠。"据说，黄幡绰最后流落到了昆山，在当地教曲习戏，把宫廷雅韵传到了昆山。宋代昆山人龚明之在《中吴纪闻》里说"至今村人皆善滑稽，及能作三反语"。当地有山名绰墩山，据说是幡绰所葬之地。

玄宗的教坊，犹如一场花事开到荼蘼，花瓣入泥。那些花，是花，又非花，是一颗颗种子，撒向广阔的大地，萌芽而后开花。而作为曾经的园丁——唐玄宗，在后世被戏班尊为戏神，这是出乎意料的。

四 一瓣心香飞落海隅

历史的每一次动荡，相对应的都是古中国人口的流向，中原文化也随着迁徙的跫音泄入南方的水泽。

"台州地阔海溟溟，云水长和岛屿青"，这是杜甫《题郑十八著作虔》诗中的首句。可见，中唐时的台州，还是蛮荒之地。"乱后故人伤别泪，春深逐客一浮萍"，这是杜诗的第二句。是谁被放逐到了台州，像浮萍一样漂荡？是杜甫的挚友，题中的"郑十八"——郑虔。

安史之乱，宫廷教坊的乐工伶人四散流离，而一批朝官则被叛军掳至洛阳，其中就有郑虔。肃宗继位后，诏"陷贼官以六等定罪"，郑虔以"三等"罪，被贬谪到偏远的台州任司户参军。

郑虔（691—759 年），字若齐，原籍河南荥阳。开元八年（720 年）之后任左监门录事参军，继任协律郎。玄宗爱其才，置广文馆，以为博士。虔写诗作画以献，玄宗署其尾，曰"郑虔三绝"，迁著作郎。

至德二年（757 年）寒冬腊月，郑虔以老弱残身，长途跋涉来到台州。郑虔在偏远的海隅，衣冠言行不同时俗，台州人与郑虔相互认为对方怪异，有"一州人怪郑若齐，郑若齐怪一州人"之说。

郑虔则自叹"著作无功千里窜，形骸违俗一州嫌"。

虽被贬为"台州司马参军"，还被州人嫌，但这位在长安多才多艺、扬名京华的广文博士，并没有就此放浪形骸、悠游山水，而是以教化台州百姓为己任，以地方官员身份首办官学，选择民间优秀子弟来教导，大到冠、婚、丧、祭之类的礼仪，小到升、降、揖、逊之类的礼节，以身作则，使得台州的民俗日趋文明，士风逐渐奋起。郑虔在台州任上，教授了数百名子弟，以至于郡城"弦诵之声不绝于耳"。

关于协律郎一职，《新唐书·百官志》曰："协律郎二人，正八品上，掌和律吕。"《辞源》里"协律郎"释为："历代承袭这种制度，掌管举麾节乐，调和律吕，监试乐人典课，属太常寺。"所谓"太常寺卿"，是专司祭祀礼乐之官。而作为"举麾节乐，调和律吕，监试乐人典课"的协律郎，其实是太常寺中的乐队指挥，抑或是艺术总监这个概念。唐代的太常寺，直接管辖音乐机构和鼓吹署外，与教坊和梨园也是相互联系密切。郑虔贬谪台州，带来了宫廷礼制。参军戏作为一种可以戏谑社会的表演形式，被郑虔沿用到教化当地人的文化教育体系中去，完全是有可能的。

宝应元年（762年）有"降官流人，一切放还"之诏，此时郑虔已年高七十八岁。远贬东南边陲，一朝遇赦，怎能不走？弟子恳留，送至八叠岭脚，恋恋不舍，于是师徒以对对子相决，对得上则留，对不上则去。郑虔出"石压笋斜出"，弟子对"谷荫花后开"。郑虔深感自己教化有效，于是回城任教终生。乾元二年（759年），郑虔于台州官舍病逝。后世，郑虔被台人尊为台州的人文始祖。

郑虔的玄孙郑瓘也仕为协律郎。《民国临海县志》卷十七中载："郑瓘，虔之孙，为协律郎，文雅有祖风。"据王晚霞在《郑虔研究》书中考证：郑瓘，字茧之，是郑虔的玄孙，生活时代约在德宗贞元末至宣宗大中间（803—860年）的中晚唐时期，居住在台州临海桐峙康谷郑岙。郑瓘有文广公遗风，襟怀淡雅，不以势利为事，爱好饮酒赋诗，登山玩水，笑傲江湖，悠游岁月。后来，他不愿在京为官，回台州过东篱下的日子。他的好友杜牧临别有诗赠《郑瓘协律》，诗云："文广遗韵留樗散，鸡犬图书共一船。自说江湖不归事，阻风中酒过年年。"（《樊川诗集注》）郑瓘归隐家乡，以其洒脱的性情，诗酒之余，倾心当地文教事业，教习宫廷礼乐和歌舞戏剧，也是完全有可能的事。郑氏两代协律郎，对台州的文教影响深远，也自是毋庸置疑。

到了中晚唐，参军戏不再只有男性优伶在台上表演一个简单滑稽的笑话，而是已有年轻美貌、能歌善舞的女子参与表演，其中穿插有优美的歌声、动听的音乐。范摅《云溪友议》云："（元稹）廉问浙东，有俳优周季南、季崇及妻刘采春自淮甸而来。善弄参军，歌声彻云。篇韵虽不及（薛）涛，容华莫之比也。"这应该是一个家庭戏班。可以想象，姿容美丽的刘采春，风情自是男性优伶所不能比拟的。李商隐《娇儿》诗云："截得青筼篁，骑走恣唐突。忽复学参军，按声唤苍鹘。"小儿以模仿参军戏为乐，可以想象当时的参军戏在民间盛行之状了。

孟元老在《东京梦华录》载："亦如唐代，协律郎之举麾乐作，偃麾乐止相似，故参军亦谓之竹竿子，由此观之，则参军色以指挥为职。"王国维《宋元戏曲考》论古剧之结构时说："参军色手执竹竿子以勾子（引队）。"可见，协律郎本身有时就成为参军戏中一个人物角色。黄岩灵石寺塔戏剧砖上的那个举麾人，不就是协律郎郑虔吗？而那女扮男装的苍鹘，是吴姬，抑或是刘采春这样美丽的女优。

戏在时间的河床上流淌，从北方到南方，从先秦至南北朝、隋唐，摇曳生姿，时空交错，不断地遇见，交融，生成，到了宋代，合成一条大河。吴越国黄岩戏剧砖上的参军戏，上承唐代，下启宋代，是戏曲的大河即将汇成的前夕。塔砖上"苍鹘"的一双杏眼，如一个湖泊，波光粼粼，又似老梅树上绽出的蓓蕾，明媚又青涩，像一个时间的预言。

五　拈花一笑烟雨中

去灵石寺，看灵石寺塔。

细雨蒙蒙，分不清是雨还是雾，仿佛是温黄平原磅礴的地气散发开来。雨和雾都是古老的事物，跟时间一样老。

先去断江村看橘浦。已过了采摘季，只见浓绿的枝叶平铺开去，接来远处的括苍山脉。枝头寂寂，偶见一个遗漏的橘子，闪着金子般的光芒。永宁江缓缓穿过橘浦芳洲分出两岸，呼吸间，感觉到橘树的根系，饮取江水，输送给枝叶，而后到达春天的花朵，最后被秋冬的果实收集。钱镠有诗曰："满野旌旗皆动色，千株橘柚尽含芳。"此地还是千年前的样子。

又去双楠村"白湖塘"古法红糖作坊。这是一个叫惠惠的女子办的。这个女子去南方闯荡多年，回乡后在田野上种甘蔗，用古法熬制红糖，也作"烤糖"。她的烤糖有一个像词牌的名字——"糖多令"。煮一壶红糖姜茶，盛一碟烤糖，舌尖上化开的甜香，延续了这片土地古老的丰饶。

喝过姜茶，一身香暖，穿过田野村庄，去灵石寺。据说，李义山曾在此读书，清时著书堂的遗迹还在。灵石寺在灵石中学内。学校坐落在灵石山下，教学楼的正前方和右边各有一方池塘，满池的枯荷——卷缩，腐败，折断，扑倒，沉没——似一组铜制群雕，纪念着时间的洪流在此经过的样子。友人说，这荷塘是宋代白莲池的遗迹。原来，南宋吏部尚书谢克家曾任台州刺史，退休后，宋高宗把灵石寺赐给谢克家（1063—1134年）作为谢家的香灯院，有田一千八百亩，地一百五十七亩，山一百一十亩。这位弹劾秦桧的忠臣可谓受到了优待。秦桧复出后，其长子谢伋随即辞官归隐灵石寺，在此建"药园"，采药著述。朱熹曾题诗"谢公种药地，窈窕青山阿"。清同治九年（1870年），黄岩县令孙憙改为灵石书院，学堂功能延续至今。据光绪《黄岩县治》记载，灵石书院前为讲堂，后为奎阁，东西两厢楼房各五间。邻接东厢建有先贤祠三间，接先贤祠复有东庑重门，内外各有荷塘，四周枫柏交柯，岩篁茂密。一九三八年秋天至一九四五年秋天，黄岩县立中学在此办学，大批南下的知识分子，在幽静的灵石山下，培养了一批优秀的学子，其中有五位院士。

历史的隐逸之气在此氤氲着，越往山边走，这种气息越浓。穿过实验楼，拾级几步，抬头间，一座七级浮图赫然矗立在深郁的山野上。它的后面就是灵石寺。寺前一棵山茶，青叶白花，超凡脱俗，古意悠然。

灵石寺塔是一座七级六面砖塔，在时间洪流的冲刷下，遍体斑驳。绕着灵石寺塔逆时针走，时间被拨到了十世纪。其时，唐朝那件华美的霓裳羽衣，经历安史之乱的罡风，最后被黄巢起义撕扯作"五代十国"。长江三角洲下游以及沿海地区，在吴越国的统治下。这个偏安东南沿海的国家，她的脐带连着中原，思维却向着广阔的大海，是当时中国最繁荣富庶的地方。

吴越国钱氏三代五主奉行"善事中国""保境安民"的国策，大力扶持佛教。在它的政治中心——杭州，有寺院二百余所，后来总数达到四百八十所，环西湖一带，灵隐寺、净慈寺、宝成寺、云栖寺、灵峰寺、保俶塔、雷峰塔、白塔、六和塔等，禅刹林立，佛塔挺秀，梵香缭绕，正是"南朝四百八十寺，多少楼台烟雨中"。这个江南的国度，在那个分裂割据的时代，形成一方独特的护国气象。

而北方，战争的博弈从未停止。公元960年，赵匡胤在开封建立了宋朝。之后，宋军相继吞并了杨行密所建的吴国、马殷创建的楚国。吴越国的君主钱弘俶，尊奉祖父钱镠的遗训，向北宋朝廷称臣，并将自己的名字改为钱俶，以避赵匡胤父亲名字的讳，只求地兴民安。

这股来自北方的强大王气，还是让钱俶感到不安。他授意国师德韶在吴越国兴建佛塔，以求佛祖保佑国祚长久。也就在这一年，国师德韶意欲重建已破败的唐代天台赤城山砖塔时，在阿育王塔瑞现的祥光中发现了南朝岳阳王感应所得的四十九粒真身舍利。德韶充分利用了这一祥瑞的事件，在吴越国各处，广为建塔供养。此事《中兴寺塔记》和《般若寺塔记》分别做了记载。与此同时，钱俶铸造一批阿育王塔，赐给各地寺庙和佛塔。灵石寺塔在北宋乾德元年（963年）开始兴建，于北宋乾德三年（965年）竣工，就得其中一座阿育王塔，上面铸有"吴越国王俶，敬造宝塔八万四千所，永充供养，时乙丑（965年）岁记"。在灵石寺塔落成之际，当地举行盛大的祈福活动，乐舞杂戏自是不可缺少。

佛寺里的乐舞杂戏活动，是唐代的传统。据敦煌乐谱所载，当时在佛寺演出除了歌舞《苏幕遮》《斗百草》《阿曹婆》《何满子》《剑器》《浑脱》舞等，还有更多题材的杂戏。而京师的佛寺有多处戏场，钱易《南部新书》载："长安戏场，多集于慈恩。小者在青龙，其次荐福、永寿。"州府治所的佛寺，也往往有百戏、杂技戏场。唐德宗时南京瓦官寺斋会上有杂技表演。另外如楚州龙兴寺戏场每日中午有戏弄演出，"而寺前负贩、戏弄，观看人数万众"，可见场面之盛。

安史之乱和会昌灭佛后，中国佛教中心南移，越州、杭州、台州、温州、婺州等地，大寺林立，名僧辈出，江浙成为唐以后佛教的中心。而五代时的吴越国，远离中原战乱，延续了唐代的礼制，为优戏发展创造了丰厚的土壤，佛寺又为优戏提供了广阔的舞台。隋代高僧智顗在天台山创立天台宗，至唐代，天台山已是名闻东亚的佛教圣地。始建于晋代的灵石寺，一直以来香火鼎盛，有戏剧演出舞台，或如楚州龙兴寺般有固定的戏场，是可能中的必然吧。

公元 978 年，钱俶纳土归宋。随着历史洪流一起泄入大宋的不仅是吴越国的国土和子民，还有高度发展的五代戏剧。至此，中国戏曲也从孕育期进入了形成期。中国的朝代江山，给戏曲提供了肥沃的成长土壤。

雨愈发绵密，裹着古木、古寺、古塔，耳边似有清旷的钟声传来，是传说中灵石寺那口浮海而来的钟吗？

六　陌上开花缓缓归

是谁把一场活泼泼的参军戏刻在灵石寺的塔砖上呢？这些粗朴的线条泄露了一些消息。反转镜头去戏台下找他吧。

他是爱看戏的人，戴着幞头，身着缺胯衫，总站在离戏台一米距离的位置，这样才看得分明而尽兴。他的眼、耳、心、脑一起感受着台上优伶们的每一个动作，每一个眼神，和身上的衣饰。当参军和苍鹘上台的时候，他甚至伸出右手的食指，在身旁那一片狭窄的虚空中划来划去，频繁地搅动着空气。看戏的人潮中，谁会注意他的举动呢？除了那个骑在大人肩上的孩子多看了他一眼。

戏散场后，他慢腾腾地仿佛走太快会丢失什么似的，向灵石寺走去。他蹲在寺旁山地上一堵已半干的泥坯砖墙前，然后拿起一块，砖面朝上，掏出一把小竹刀，在砖面上面凌空比画着。戏在他的心里翻腾着，一个个人物就在眼前。

春风流荡，柳絮飘飞，鹧鸪声声。他抬头看了看天，又望向灵石寺。此刻，钟声响起……那颗忐忑的心顷刻间沉静了下来。他下手了。刀锋犁开紧实的砖面，发出一种沉闷而细微的"哧哧"声，他"呼"的一下吹开翻出的泥花。这些不连贯的小声响，有一种被小心翼翼包裹着的小兴奋，似泥土拱出芽叶那般不易觉察，估计只有地上的虫子能听得出来。在时间的推动下，他的手越来越放松，刀下的线条像山野草木般地生长起来。那些青灰色或土黄色的砖面上，像底片经过药水后，一个个人物活泼泼地浮上来。最后几笔，他留给了她。台上的她，女扮男装，杏眼流转，腰肢如柳，载歌载舞，一转身杏眼一瞪，是一个苍鹘。真好看啊！刀尖往上一拐，连上那张小口的刹那，插科打诨之声，配合着眼神流转，像山间春水般哗哗流淌出来。他站起来吁了一口气，检阅着自己的作品，不由得笑出声来。

他在六块半干的泥坯砖上，一共刻下了八个戏剧人物，这是一场参军戏的主要阵容。他把这六块砖连同其他砖一起搬进砖窑。他站在窑前，像站在戏台下看戏那样，看着熊熊窑火吞没了"他们"。黑夜与白天的几次交替后，窑火熄灭，塔砖慢慢冷却。他看到了

"他们"都完好地留在了砖面上，尤其是苍鹘的那双杏眼，声色灵动。这是他一生中唯一的一次艺术创作，代表了每个人，为佛祖而作。

一千多年过去了，"他们"在灵石寺塔中经受住了时间的窑火。当我看到了"他们"时，那些声音、身段、语言，并没有失去神韵，并把"他们"的创作者带到我们面前——一位无名氏。他，也是我，也是你，是这片土地上的每一个人。

江南烟雨中，田野上的草色越发清亮。"陌上开花，可缓缓归矣"，这一句话似一朵飞花悄然降临。这是吴越国的第一代君主钱镠思念回临安的王妃，书信中催其回家的一句话。"陌上开花"与《钱王遗训》中"家道和则国治平矣"的气息贯通。"陌上"的花气，与"拈花"的禅气，相互交融氤氲，如此刻的雨雾温润着江南大地。

我们穿过温黄平原，一路西行，翻越括苍山脉，返回温州。横亘的括苍山脉，分割了温台两地，又把两地连在一起。唐开元二十一年（733年）的岁末，孟浩然经天台，取海路前往乐清访好友张子容。在张宅宴会上，瓯地卢女唱《梅花》大曲，引二人诗兴大发。张作《除夜乐城逢孟浩然》："远客襄阳郡，来过海岸家。樽开柏叶酒，灯发九枝花。妙曲逢卢女，高才得孟嘉。东山行乐意，非是竞繁华。"而孟答以《岁除夜会乐城张少府宅》："畴昔通家好，相知无间然。续明催画烛，守岁接长筵。旧曲《梅花》唱，新正柏酒传。客行随处乐，不见度年年。"这旧曲《梅花》是唐代大曲，一种来自北地的舞曲，在唐玄宗时盛行于江南。这瓯地的卢女，应该也似吴姬那般美丽又有才情的女子吧。

唐末，钱镠割据钱塘时，以去温州的道路悠远，此地人物稍繁，且无馆驿，于是析剡县一十三乡置新昌县，从而打通了杭州到温州的陆上通道，实际上打通了钱塘江与剡溪水道、瓯江水道的联系，开启了向东南沿海发展的时代。这些通道，是贸易和军事的要道，也是文化的。

到了宋朝，这些通道的精神效益开始显现出来，反映到学术上，是浙东学派的兴起，以及南宋时以叶适为代表的永嘉学派；反映到文学上，是温州出现"永嘉四灵"这样的文学流派；而反映到世俗层面，是宋室南渡之际，中国最成熟的戏曲形式——南戏，在温州诞生。

想起在一个春风沉醉的夜晚，去看永嘉昆剧团搬演现存最早的南戏古本——南宋温州九山书会创作的《张协状元》，曲调里有"台州歌"，这是一支台州地方小曲。剧中的副净与副末，一个木讷，一个机巧，稚拙诙谐，还是参军戏的魂。

二〇二二年四月二十八日

山海藏起的精灵

唐杜佑《通典》说："歌舞戏有《大面》《拨头》《踏摇娘》《窟礌子》等戏。……《窟礌子》亦曰《魁礌子》，作偶人以戏，善歌舞。本丧乐，汉末始用之于嘉会。"

一　傀儡舞袖，还是宋时明月

农历二月初一，城里有"拦街福"的旧俗，人们抬出东瓯王游街祈福，各色小吃、民间技艺，都汇拢在广场上，市民"嬉嬉盱盱看看戏"，酬神娱人，热闹非凡。最大的排场是两个戏班演斗台戏，这是"大戏"。"木头戏儿"这类"小戏"也必不可少，简陋的戏棚前挤满了人，以小孩多，有抱在手上的，有骑在肩上的，大一点的孩子就甩开大人的手，一个人顾自挤到台前，睁大了眼睛看。

只见几个艺人在一块幕布后露出双手和脑袋，一边唱一边五个手指灵巧地把系在木偶身上的几条丝线拉来钩去，台上那些木偶人举手投足，舞枪弄棒，一招一式，仿佛真人表演，不禁令人惊奇叫绝。但是戏散了，也看不明白此中的机巧，这也正是傀儡戏吸引人的地方。

傀儡戏，也称木偶戏，有杖头木偶、布袋木偶、提线木偶，最常见的是提线木偶，古称悬丝傀儡。"木头戏儿"是温人对傀儡戏的俗称。乡语总是贴着事物讲，声色滋味全在里头了。

一个地方崇尚傀儡戏，也是一个地方的历史镜像。

温州是古瓯地，"东瓯王敬鬼""故瓯俗多敬鬼乐祠"。叶适在端午节看龙舟，有《永嘉端午行》诗，云："岸腾波沸相随流，回庙长歌谢神助。"浓郁的巫风透过千年的岁月依然可感。这是温州的老底子。宋时，温州已很繁华。北宋诗人杨蟠《咏永嘉》诗中描绘温州："一片繁华海上头，从来唤作小杭州。水如棋局分街陌，山似屏帏绕画楼。是处有花迎我笑，何时无月逐人游。西湖宴赏争标日，多少珠帘不下钩。"建炎四年（1130年），赵构避金兵浮海逃至温州，以"州治为行宫，朝见如旧仪"，甚至太庙也迁来温州，这其中"乐作"和"乐舞"必不可少。宋室南渡，大批的皇族勋戚、官僚豪绅、百戏伎艺及卖艺的"路歧人"随之南下，温州显然是继临安之后的第二个风月之城。

这大宋的风色泄入东瓯的千年风土，总要出点什么，于是南戏——中国最完整的戏曲形式在温州形成。徐渭在《南词叙录》中说："南戏始于宋光宗朝，永嘉人所作《赵贞女》《王魁》二种实首之。……或云：宣和间已滥觞，其盛行则自南渡，号曰'永嘉杂剧'，又曰'鹘伶声嗽'。"

现存最早的南宋温州九山书会创作的南戏剧本《张协状元》第五十三出有一段借鉴傀儡戏"舞鲍老"的舞蹈场面：

〔末拖幞头，丑抬伞〕（末）正是打鼓弄琵琶，合着两会家。（丑午伞介，唱）

〔斗双鸡〕幞头儿，幞头儿，甚般价好，花儿闹，花儿闹，佐得恁巧，伞儿簇得绝妙，刺起恁地高，风儿又飘。（末）好似傀儡棚前，一个鲍老。

戏曲是一条大河，不知有多少条涓涓细流婉转而来汇聚而成，傀儡戏是其中一支古老的源头，最早可追溯到先秦的偶人像尸。而傀儡入戏，是一个事物蓬勃的气息弥漫开来，附着在另一些事物上。可见，宋时温州傀儡戏已空前繁盛。

看宋人弄傀儡，还是要翻翻那几本老书。

孟元老《东京梦华录》"京瓦伎艺"条说："杖头傀儡任小三，每日五更头回小杂剧，差晚看不及矣。悬丝傀儡，张金线、李外宁。药发傀儡……"吴自牧《梦粱录》"百戏伎艺"条说："悬丝傀儡者，起于陈平六奇解围故事也，今有金线卢大夫、陈中喜等，弄得如真无二，兼之走线者尤佳。更有杖头傀儡，最是刘小仆射家数果奇，大抵弄此多虚少实，如巨灵神姬大仙等也。其水傀儡者，有姚遇仙、赛宝哥、王吉、金时好等，弄得百怜百悼。"

吴自牧《梦粱录》"伎艺"条释傀儡：凡傀儡敷演烟粉、灵怪故事，铁骑、公案、史书历代君臣将相故事。话本或讲史，或作杂剧，或如崖词。大抵弄此多虚少实。如巨灵神、朱姬大仙等是也。这时的傀儡已可敷演完整的故事了。

宋时傀儡除了在勾栏瓦舍里表演，还有宫廷承应。《东京梦华录》卷七，皇帝驾幸临水殿观争标赐宴，殿前设水傀儡。《武林旧事》卷一，理宗天基圣节，排乐次再坐第七盏，弄傀儡；第十三盏，傀儡舞鲍老；第十九盏，傀儡群仙会。卷二，"元夕"观灯，御座下设了大露台，百艺群工，竞呈奇技，连宫女和太监皆巾裹翠娥，扮成傀儡，缭绕于灯月之下。节后"舞队"百余支，全棚傀儡就有七十队之多，锦绣连亘十余里，香尘尽处轻霞升腾。卷三，"西湖游幸"与民同乐时，也有水傀儡。卷八，"人使到阙"，赴守岁夜筵，用傀儡。

翻书页，似出入于宋时的勾栏瓦舍，看尽傀儡色目，不得不感叹此伎为宋人所重，是因时人所好，可随意施为，出奇制胜，代有能人，流行汴京又延至临安，而后散入南方，其风光不下于杂剧散乐。

德祐二年（1276年）二月，北方战争的云团席地而来，临安的勾栏瓦舍，似一棵花树经了倒春寒，半作践踏，半作无主飞花散了去。孕育了南戏的温州，潜藏在泥土里的戏神，保护了每一粒戏曲的种子。

到了清代，温人搬演傀儡戏的风习还是非常浓郁。徐珂《清稗类钞》说温州"土俗尚傀儡之戏，名曰串客"。郭钟岳一首《瓯江竹枝词》，把傀儡戏的风色写绝了："台前灯彩衬高低，串客衣衫亦整齐。傀儡登场频一笑，有人暗里费提携。"瑞安士绅张棡喜欢看戏，习惯把看戏的经历记下来，还编了一本《杜隐园日记》。有一晚他去温州城里看傀儡戏："光绪廿八年（1902年）三月十三日晚，陪周弟到前街万人殿看'串客'，至殿则来往行人如蚁。殿中四处点灯结彩，颇极辉煌，'串客'则尚未登场。"文中可见"傀儡戏"是在庙中演出，观者如堵，非常热闹。

历史的罡风不知吹散了多少事，但弄傀儡的风习至今在东瓯大地上流荡。温州的泰顺、苍南、平阳一带，还有许多艺人坚守这个行业。这些弄傀儡的艺人，他们前生就是李外宁、乔三教、卢金线、张小仆射，今世是蔡祖三、毛显气、雷美银、潘小友、周尔禄……或许，我前生也是临安勾栏瓦舍里的一个看客。

二 傀儡一笑，有人暗里费提携

木偶戏是一朵开在乡土里的花。戊戌年的农历七月初八，临近中元节，我去泰顺看木偶戏。踩着这个节点去，是想看看那片种花的土壤，看看种花人，和那些爱花的人。

泰顺在温州西南境，南接福建。洞宫山脉与雁荡山脉在此交临。车过了分水关，分明进入了另一片疆域。中唐诗人顾况说此地是"万里之荒古"。清林鹗《分疆录》里描绘乌岩岭有"熊虎之所游，蛇虺之所蟠，惴惴焉虞有不测之祸"。大自然的蛮荒之力主宰此地大可以想象了。群山巍巍，旷谷幽回，开垦曲致的田垟、横卧溪谷的廊桥、伏于山地的村落，不时映入眼帘，这些自然与人文千百年来相互辩证洗礼的痕迹，给莽苍的山野增加了一份明秀与质朴。

原始之地人口的繁衍，大多跟避祸有关，泰顺也不例外。安史之乱后，唐室逐渐衰微，藩镇割据下，各地赋役繁重、动乱频发，流亡入山者甚多。靖康之难后，宋室南渡，泰顺也迎来"生齿日繁，文物渐盛，科甲肇兴，人才辈出"的时期。

泰顺山势百折，又当东南要冲，势必成为盗匪必经之路；而峰峦层叠可藏匿，山海寇发时，祸及泰顺生民尤其惨烈。泰顺得名也与兵伐有关。明景泰三年（1452 年），邓茂七、叶宗留在浙闽边界发动农民起义，朝廷派兵镇压后，遂置县，景泰帝赐名"泰顺"。所谓"国泰民安，人心归顺"只不过是皇帝个人内心的安抚，当地生民的抚慰又来自哪里呢？

三魁、罗阳、筱村、司前、百丈、库村……眼前闪过的地名散发出来的气息似乎都跟傀儡戏有关。看傀儡、做傀儡、弄傀儡的人都生活在这些村子里。想到此，眼前离离的草木也幻化为偶，伸胳膊踢腿，眉目流转，在眼前舞将起来。

我们去的是雪溪乡桥西村。蔡祖三的长春木偶戏剧团正在村里演出。

到了桥西村，已是正午。一条大溪从高山峡谷中奔涌而出，湍急地流过村庄。阳光直射下，溪面白茫茫的一片，像下了一场雪。村里一些房子的墙上贴着一张张红纸，上面用毛笔写着：公演太平戏（木偶戏）时间为农历七月初八至十四日……敬请村民素食。遇见一位拄着拐杖的老人和一个正快速跑向少年的男孩，我跟着他们走。

在两排水泥房中间的过道上，看见了戏台。这是一个临时搭建的简易棚架，左右围上红布，搭起彩额，两侧贴着一副对联——"玉楼天半笙歌起，蓬岛仙班笑语和"，横批"传神写意"。台下的长凳都是村里人从自己家里带过来，整整齐齐排出十多米远。神的銮驾在后头，面朝着戏台。

后台拥挤，只能侧着身跟悬挂着的木偶们平排站着。问离我最近的一个黑瘦的男人，台上一共有多少个木偶。他说，六十身。又问，班主蔡祖三是哪一个。他说，他就是。

蔡祖三的长春木偶戏剧团有七个人。前台提线三个人，分别是仕阳镇双桥村的蔡祖三，四十六岁；筱村镇翁山乡外洋村的翁士升，五十二岁；罗阳镇洲岭村女艺人雷美银，五十三岁。后台乐队有四个人，分别是仕阳镇雪临村的毛显气，拉京胡和吹唢呐，六十九岁；雅阳镇松阳村的郑炽芽敲锣，六十九岁；福建福鼎西阳村的马钰存打鼓板，五十一岁；仕阳镇东溪村的林赛兰拉二胡，五十四岁。把戏班里七个人的属地连缀起来，就像一朵花儿，花瓣曲曲折折打开几乎覆盖了泰顺整个山境。这朵花的根脉，也就是老一代艺人的哺育之功清晰可见。

泰顺在清时有一百多个木偶戏班，现在还有四十多个，一代一代艺人传承着这条古老的戏脉。一九七九年，泰顺县木偶剧团成立，林守铃、黄泰生两位艺人担任老师。林守铃是一九一三年生人，少时拜师学艺，曾代表浙江到北京演出。黄泰生是一九二九年生人，从小随父亲学艺，一九五五年曾应邀到日本演出。一九八七年，曾在杭州与"猴王"六小龄童同台演出，被誉为"中国木偶猴王"。蔡祖三的戏班里的艺人都曾受教于这两位老师。蔡祖三的师傅是父亲。今年八十五岁的父亲蔡家恭有着六十五年从事傀儡戏表演的经历，常和黄泰生一起演出，切磋技艺。随着老艺人的故去，傀儡戏也逐渐萧条，四十六岁的蔡祖三已是目前泰顺最年轻的木偶戏艺人。

蔡祖三说，六十身木偶都是他置办的，演员和后台是临时喊来搭班的。想着台上六十身木偶"唱念做打"全由场上这七位临时搭班面目似农民的艺人调度成戏，不由令人感叹。泰顺现有四十三个木偶戏班，有二十三个像长春木偶剧团一样是松散型的。这种自由的秩序散发出山野草木的气息，芬芳又迷人。

台下已坐满了人，大多是老人和孩子。下午一点四十分，长串的鞭炮噼噼啪啪炸开。板鼓在烟尘中"哒，哒，哒"三声响后，主胡响起，所有的环节都严丝合缝地运行起来。木偶戏开场了。一个"丫头"小碎步俏皮地走上场来……

蔡祖三的戏班演的是《娘娘传》，是一种保"合境平安"的神戏，也是浙南木偶戏特有的传统剧目，俗称太平戏。主要情节是主人公陈十四闾山学法下山，一路降妖除魔、为民保平安的故事。神话是现实的虚幻呈现，先民与大自然周旋的经历以一种仪式固定下来而成为习俗。村里的"福首"胡叙通说，最近村庄损失了人丁，前段时间前面的溪里还淹死了人，请"大戏"（真人演戏）价格太高，请了木偶戏班演七天七夜的太平戏，也要五万元戏金。

蔡祖三的《娘娘传》唱的是京剧曲调，没有固定的唱词和说白，只有故事框架和分场提纲，唱什么怎么唱全凭艺人自由发挥，艺人们之间早已形成了一种默契。这种口口相传下来的活态剧本，叫"路头戏"。

剧中的"陈十四娘娘"由雷美银表演。面容姣好的雷美银，时而柔情，时而悲伤，手上的木偶在她的提线下，与她的唱腔配合得天衣无缝。唱到"娘娘"受难，她眼里闪着泪花，台下人也跟着感叹泪垂。雷美银小时候唱过越剧，二十七岁开始跟着私人木偶戏剧团边学边演，前台的提线和后台的吹打她都能熟练操持，平时也兼作村里白喜事吹打班。她的畲族祖先被喻为"凤凰山上的一朵云"，她是这朵云的孩子，在泰顺的崇山峻岭间飘荡。

二胡，板鼓，京胡，锣鼓，唢呐，人声，无数声音的唱和形成的声浪，在溪山间流转。除了村庄里的人，很多东西都感应到了。这种声波的存在，跟蝴蝶扇动翅膀、风吹木叶、月影移动、鸟儿鸣啭，又有什么不同呢？这些抹了胭脂、描过眉眼、化了脸谱的木偶人，把人间的苦难都经历了，村里家家户户的日子也就太平了。

戏散了。蔡祖三把一身身的木偶收拾起来，挂回戏台后面的木架上。大家纷纷散去，回家烧了饭，赶晚上的戏。此时，夕阳下的大溪，像撒了一层碎金，平和安宁。

是夜，罗阳的木偶戏艺人黄小友用红绸包了自己家的戏神来见我。黄小友是老艺人黄宗衔的儿子。黄家祖先以木偶戏为业，祖传的木偶戏神"黄揭老"已传了十三代。黄小友手上的"黄揭老"着红衣，戴幞头，嘴巴上下可开合，眼睛灵活眨巴，俨然还是宋人杨大年《咏傀儡》所描绘的"鲍老当筵笑郭郎，笑他舞袖太郎当。若教鲍老当筵舞，转更郎当舞袖长"的历史风景。戏神是黄小友的父亲临终时交给他的。逢年过节，初一十五，黄小友都要祭拜戏神。这是衣钵的传承，也是对木偶戏的敬畏。

第二天，黄小友与徐细娇在泗溪镇桥下村的北涧桥上表演木偶戏《梁祝》中的"十八相送"。这是一座清代的廊桥，桥屋灰瓦红身，飞檐轻灵，在桥旁樟树和乌桕两棵千年古树的掩映下，像一条飞虹横卧于溪上。"梁山伯"与"祝英台"，眉目含情，深情款款，从桥上缓缓而来。青山，碧水，虹桥，古树，木偶，一切都还是千年前的样子。

一位头发花白的老人坐在桥头的石墩上看着，嗫嚅着自言自语："神看了傀儡，八九月做风水，桥和地方就太平了。"

三　琼花无双，更吹落星如雨

己亥年的农历正月十五，去泰顺大安看药发木偶。日本东京外国语大学的川岛教授专程从岛国赶来一起前往。之前他多次委托我打听泰顺药发木偶表演的确切消息，此次终于如愿了。

药发木偶是宋时药发傀儡的遗风。《东京梦华录》中说："药发傀儡张臻妙、温奴哥……"学界以为药发傀儡在中国跟水傀儡一样已失传，不料泰顺竟然保存了火种。

冬天的南方山脉，还是郁郁葱葱的，但那种夹杂在青绿中的枯败散发出来的寒气，针一样刺入骨髓。想到药发木偶，周身的寒冷不由冲淡了许多。

到达大安时，夜已从青山头上跑下来，开始蔓延。先是远处的景物看不清了，而后近处也模糊了。赶在黑暗吞没一切之前，我看清了那棵"树"。

一根大致十五米长的毛竹，耸立在收割后满是枯萎稻茬的田野上，离地五米处开始装置五彩的烟火轮。烟火轮是十几条彩色的火药筒以毛竹为轴心，围成圆圈。相隔一定的距离装一个，层层往上，数之，有十九环之多。三四个烟火轮之间，又横出一杠，两头各挑一个扁圆形的花样盒子。一树有四"担"。顶端，昂首立着一只彩色凤鸟。这棵树像一个充满着隐喻的符号，立在迷蒙的天地间。

黑暗快速涌来，像洪水席卷，也像一场围剿，很快就认不出近在咫尺的面容。一切如洗。过不久，黑暗中浮出一些人来，越来越多，纷至沓来，人声鼎沸，他们仿佛从另一个朝代来。风过山峦，呼呼作响。裹紧棉袄，等待着。

　　一束光潜入黑暗，由远及近，到了跟前，才看清有三个人打着手电筒到了那棵"树"下。一人从"树"上解下一条绳子，应该是引火线，系在离"树"十米开外的另一截细细的竹竿上，随之吆喝了几声，大概是向伙伴发出"准备好了"的此类信号。话音落下，手心一朵火苗如精灵般跃起，沿着引线"嗤嗤"冲向"树"的底层，在烟火迸发的同时，"嗤"的一声，有一物转头返回点火人手中。后来我才知道，这叫"火触"，点燃的过程叫"飞天老鼠"取"花"。

　　且看飞天老鼠如何取花。"嗤嗤"声不绝，沿竹竿迅疾而上，烟火飞溅，纸盒打开，各色木偶凌空降下，沐浴烟火飞舞。来不及细想，第二层、第三层、第四层，次第打开，仿佛是天上的银河开了个口子，星子倾倒如瀑，木偶人在星河中似仙灵下凡。"东风夜放花千树，更吹落，星如雨。宝马雕车香满路。"十分钟，短短的十分钟，火树谢了银花，恢复了黑暗。是天机乍泄，还是时光倒流？抑或是南柯一梦。

　　一束手电筒的光从树的根部一直探到顶部，木偶人一个个完好无损地在风中摇晃，高处的凤鸟浴火后依然昂首独立。人群已散去，四野恢复了安静，好像什么也没有发生似的。

　　周尔禄最后一个离开的，每一次都是依依不舍。燃放不过十多分钟，前期的准备却需要花十天半个月。这个放出"飞天老鼠"的人，掌握着药发木偶制作和表演的秘密。

周家在大安世代种田，周尔禄跟父亲周明守学会了制作药发木偶。周明守则是从丈人所在的大安后村的王家学来。王家世代擅长做药发木偶，第八代传人王善择之女嫁给了周明守。周明守常去丈人家帮忙扎制药发木偶。火药的配方是药发木偶的核心技术，老丈人都是自己亲手配制，从不对外，对女婿也守口如瓶。一次，王氏回娘家，无意中发现父亲火药的配方，于是记下来告诉了丈夫，周明守这才掌握了药发木偶制作的要领。周家的药发木偶制作技艺是旁支逸出的那一支，却传承到了今天。

传统技艺的传承，往往是一条秘密的小径。这些遗世的绝技藏匿在小径旁的某座老屋里。此时，我们或许已注意到屋里那个女人——周尔禄的母亲王氏，有了她，这条小径才有了曲折绵延的风致，适才那一幕漫天花雨，有了女性的柔力，更添了烂漫和多情。

药发木偶只有在重大节日、家逢喜事、神诞、做木偶戏时才可以放。有人预订，周尔禄才会做。药发木偶上的木偶都是《娘娘传》《封神榜》《西游记》这些神戏里的人物。周尔禄说，药发木偶需要的火药很难配比，以前老屋的木地板下就可以找到一种特定的原料，一点点刮过来，加入一些别的东西，就可以做出来。现在老木屋几乎没有了，木地板都改用现代材料，这种原料也就消失了。而政府对火药的管制很严，审批程度烦琐，做药发木偶的心思也就淡了。老人说出了技艺传承的难处。

泰顺人称药发木偶为"琼花"，燃放称"打琼花"。琼花是宋朝的花。在北宋，扬州琼花闻名遐迩，连皇帝也试图将之移植到皇宫禁苑中欣赏。扬州太守王禹偁曾作《后土庙琼花》诗，其序云："扬州后土庙有花一株，洁白可爱。其树大而花繁，不知实何木也。俗谓之琼花，因赋诗以状其异。"欧阳修任扬州太守时，在琼花旁建了"无双亭"，以示此花天下无双。与欧阳修同时的韩琦也曾作诗赞美琼花："维扬一株花，四海无同类。年年后土祠，独此琼瑶贵。"周密的《齐东野语》记载得更详："扬州后土祠琼花，天下无二本，绝类聚八仙，色微黄而有香。仁宗庆历中，尝分植禁苑，明年辄枯，遂复载还祠中，敷荣如故。淳熙中，寿皇亦尝移植南内，逾年，憔悴无花，仍送还之。"遗憾的是，扬州琼花在金元两朝遭兵祸摧折，不复再生。后人有诗曰："天上奇花玉色浮，只留一种在扬州。如今后土无根蒂，蜂蝶纷纷各自愁。"

泰顺也流传着"琼花"的故事。传说，凤鸟之神奉玉帝敕命到扬州治水，杀死龙王九子平定水患返回天宫途中，为扬州后土庙中馥郁的琼花所吸引，在后土娘娘的应允下，以锋利的脚爪刨土取走了奇花。

传说是风，到处走，哪儿适宜就落地生根了。远在扬州后土庙里的琼花传到了泰顺，落地生根。千百年来，在高山深谷中择水而居的泰顺人，与水的相互洗礼从未停止过。我见过泰顺洪水肆虐的景况。二〇一六年九月十五日，泰顺受台风影响，一条条溪谷变身张牙舞爪的狂龙，雪溪里的洪水涌进桥西村，三魁薛宅桥、筱村文重桥与文兴桥三座古廊桥被洪水拆骨，瞬间分崩离析。

人在遭受自然力的残酷抽打时，是多么希望有凤鸟这样的精灵降临。琼花是给凤鸟治水的奖赏。琼花在，凤鸟就在。药发木偶就是琼花的化身。

"琼花"顶上那只浴火重生的凤鸟，何尝不是泰顺生民自己呢？每次灾难后，如凤凰涅槃，重建自己的家园。搬演木偶戏，是山民乐生之念，是村庄治愈自己的方式。山隅海角的生民与这群精灵呼吸与共，唇齿相依。从民俗学的角度来看，如此生境恰是傀儡戏生存下来的沃土。

二〇一九年三月三日

另一张纸

一张纸因为书写被推崇至圣，另一张纸因为隐入生活而被视而不见。温州，瓯海，泽雅。在明朝，或是宋朝，先民们避乱山中，斫竹造碓做纸谋生，家家户户手工造的是另一张纸，其竹纸制造技艺与明代宋应星《天工开物》中所述一致，人称"纸山"。

在传统文明接纳现代文明革新或彻底退出时，古法造纸却凭了泽雅的山水之势，跨越了世纪的鸿沟，至今，山中青竹遍野，水碓错落，腌塘纵横，成为尚还存在的过去。乡人在某个点上的造纸动作指向遥远的造纸之初，被誉为"中国造纸术的活化石"。它是人类古法造纸文明留存在瓯域的最后一粒火星子，烘暖了记忆和想象，赶上去逮住了那些千年以降的远逝事物的情状。

一张纸像人的命运，长成，被打碎，被捞起，被重组，被出售，年复一年地轮回。

一　斫竹，腌刷，一个青年"走失"

雪气被天空的几朵云吸收了进去，想着过几天会飘几场雨，迎来桃花开。此刻，天空幽蓝，斑鸠的呼唤，被风扯远，像丝绸一样滑滑地飘——保留片刻，接着消融在某只眼睛的深处。转身之间，对面山上传来一声附点十六分音符的应答，保留片刻，接着消融在某只眼睛的深处。一呼一应，不歇不停，不累不倦。

这亲爱的声音增加了阳光的温度。大自然被叶绿素浸染。漫山遍野的竹子似乎对阳光特别敏感，叶子毫无节制地舒张开来，羊毛一样覆盖在起伏的山野上。风穿过竹林，去年的叶子像纸屑穿过嫩嫩的细枝飘落下来。太多细碎的争吵声从地下传来。一只年幼的长尾巴雀，那清亮短促的鸣叫如一把小刀划开纸张，随后，斑鸠在这道绿色的伤痕上涂抹上一层，空气又连成了一片，山野愈加细腻生动了。

这个季节，从蜂巢的格子间出来的人带刀行走。他们走在淡绿的浮着白色软毛的棉菜香气中，挎在腰间刀架上的刀刃发光的柴刀在臀部愉悦地打起节拍。"叽里咣，叽里咣，叽里咣……"在一条粗石路上消失，又从另一条粗石路上浮上来。

村人带刀是为了完成春天的一次收割——斫竹。这是去年的那丛水竹，也是前年的，几十年前的，或许更久。用五分的力握刀，绕着这丛水竹走一圈，刀背闲闲地拍拍竹竿，一阵"窸窸窣窣"响起，这可以理解成一种有礼貌的敲门，或是一种对话。

其实，今天的斫竹人，从来没有和水竹进行过真正的交谈。他们只是模仿，把自己套进祖先很早以前就打开在那儿的一个个动作的框框里。他们不知道竹子作为物种的多样形式和它们之间的微妙差异，不知道水竹生命温度平均在十六摄氏度以上，不知道脚下的土地是水竹生长的北限，不知道水竹纤维长度在两毫米左右，就是这些隐秘的特性决定了水竹的命运。

斫竹人一代一代说着："竹子生谷，当家人要哭。"（水竹开了花，纤维老化，于造纸就无用）家家户户必须在五月前竹笋未长出时砍密留疏，去老存新，为做纸备料。还是按照老祖宗的样子，用八分的力握刀，刀就长出了眼睛，辨认出竹子的长幼，朝着三年的竹子走去。找准根部，与泥面持平。刀抽走，"嘎吱"一声，刀子带出一股青气，顺带挑起一些湿润的泥土，把新鲜的竹桩护住。刀沾了竹气，就含了春，让山野走进春天的深处。

把那些离根的竹子从密密的竹丛中拉扯出来，天空响起一阵细碎的私语。竹子对自己将成为一张纸，成为介于肉体和灵魂分界线的一种物质的离奇之旅无法想象。此刻，它们身上的枝叶已经被剔除，卷进牛的胃海。而后光溜溜的竹竿，被截断，捶裂，晒干，扎捆，移入腌塘用蛎灰浸沤。

夏天到来。季节在发烧，腌塘里的蛎灰发出"哧哧"的声音，冒起热腾腾的烟雾，弥漫着呛人的气息。牡蛎，这种大海里的软体生物死后留下的壳，被烧过碾作粉末后遇水化作千万根针刺人骨肉。捭塘的人，站在腌塘里，全身上下抹菜油、牛油，或猪油，锄头翻动竹料，隔十天上下倒腾一次，这样倒腾三次，夏天就过去了。到秋天，塘水从金黄变成暗褐，像卸下某种记忆的负担。

竹子依靠别的物种的吞噬——木素和果胶失去后，留下一种叫"刷"的做纸原料，等到可以用水碓捣成刷绒时，冬天已经来临，雪快落下了。当然，也可缩短这条路径，把那些半生不熟的竹料从腌塘里起出清洗干净后，整齐地码在大铁锅上的大木桶里，一次可以码近五百公斤的竹料，然后用柴火做燃料，蒸煮上六个小时，再焖上一天一夜，生料就变成了熟料，这个过程叫"燋刷"。

几十米高的大烟囱冒出巨大的云，天地间，热气蒸腾，风也睡去了。黑暗中的火，在一种巨大的重负下顽强地坚持着，曲折，摇摆，迷幻。一张张纹路沟壑般深刻的脸被烤焦得仿佛要爆裂开来，汗水横流，凝滞的眼睛默默地望着火，也望向天空，等待着启明星出现。

这个春天，村里"走失"了一个叫春景的后生。他家与我家隔一座房子，与我同辈，大我一轮。早晨上山前，他跟父亲说中午要去"盟兄弟"家吃酒，向父亲要人情钱。父亲不允。中午不见儿子回家吃饭，父亲估摸儿子一定是借了钱去吃酒了。午后，儿子回来准备继续上山斫竹，一只脚还在门外，父亲一个巴掌把儿子捆到门后的角落里。"叫你不要去，还去？找死呀！"儿子的血往上涌……

竹子做的纸，剪成纸钱，送他上山。那座挖得潦草的黄泥坟就在外山那丛水竹旁。家人的哭声撕开了春天的里子——这杂草和荆棘交错的编织物。那年春天，斑鸠抚不平这道伤痕，声声呼唤成了心头痛。

"纸是吃饭宝，是身上衣。"竹子变成纸是一条长长的跌宕起伏的无法预测的旅程。斫竹只是第一步。

二　水碓，捣刷，一担纸换来的媳妇

水碓的捣声被白天掩饰，夜晚释放出来，把密实的黑暗震得松松垮垮。比黑暗更黑的裂缝中飞出许多平日里不曾听见的声音，那些是被水碓消融了的万物的声音。

"咚——咚——咚——"是山在夜里行走。是竹子在腌塘里发酵。是凤仙花的子房猛地打开。是蝴蝶撞上了花瓣。是星子坠落。有几颗就落在我眼前，白花花一片。我八岁小小的身体把稻草垫子压得发出"窸窸窣窣"声。新一季刚收割的稻草蓬蓬松松的，香气把草席抬得高出了床沿。我盖着满印着戏人的被子——我数过多次，共有六十四个戏人，一样的蓝眼睛蓝嘴巴蓝鼻子，各有不同的表情，站在一个个蓝底白花环绕的框里，就像我此刻躺在屏风上画着花草和戏人的床上。

阿婆叫戏人被子为"花夹被"。本应是阿婆的嫁妆，可阿婆是个童养媳，从小就没了妈，七岁到阿爷家，她没有嫁妆。"花夹被"是爷爷家置办的婚被。小脚阿太（曾祖母）花了一担纸把她接来，还是为了做纸。小孩子可以分纸和捣刷。阿婆完不成，阿太就不给她饭吃，阿爷偷偷地把饭留起来。

这张画着戏人的大床是阿婆的婚床。阿婆说做一张这样的大床要十担纸的价钱，半年的工夫。我算着，一担是六捆纸，一捆是四十刀（叠），一刀是一百张……我的十个手指怎么数也数不清。床上四围的戏人比起花夹被上的戏人精神多了，轮廓黑线勾描，全身橘红色，紧身服，插翎羽，提刀驾马。阿婆对于这些戏人从没说清楚过，这一次睡前问她说是"梁山伯与祝英台"，隔天又变成了"五女拜寿"。她说来说去就这两出，再也说不出别的戏，而且两出戏常常情节混淆。阿婆说戏显然比做纸生疏太多，我极不满意但又无可奈何。

从晚上九点到第二天早晨六点，阿婆阿爷去溪边的水碓屋里捣刷，我在水碓捣声里安然入睡。这是水碓拨给我们家的时间。水碓的水轮像个巨大的钟表，把时间拨给村里的这家、拨给那家。每户人家都顺着它的刻度走，无法逆行，更不敢脱轨。水碓打破洪荒以来的界限，比如白天黑夜、春夏秋冬、日出而作日落而息。

水碓是个大型的造纸工具，十几户人家集资建造，然后轮流使用。每户人家一个月轮到一两次。水碓把竹料捣成纸绒，这是竹子变成纸的关键点。做纸的每个环节依序排列在时间里，一件接一件，前后相连接踵而至。这流动的秩序就是纸的来龙去脉。水碓的捣声是强烈的信号，流水向前，水碓在转，日子也转得风生水起。

从傍晚到我入睡的这段"浅夜"里，阿婆一直在穿梭移动，坐下吃饭也是随时起身要走的状态，系在身上的围身在移动中鼓着风发出"嘭嘭"的声响，搅动得夜的汁液越来越浓稠。通往猪栏、牛栏、兔栏的路是做纸主脉上生出的分岔，都是阿婆踩出来的。我则是母亲身上过早掉落的果子，不时发作的哮喘像巫婆的咒语紧紧裹着我。父母被裹在制度的老茧里无法脱身，我从小就随着阿婆阿爷。阿婆从做纸积攒的一卷钱里数出三张一元币托人到城里给我买羊奶。或许是来自远方的羊奶起了作用，我比其他孩子会胡思乱想。门外的黑色越来越纯。通灵的萤火虫白天吃了光存在肚子里，夜晚拿出来照亮，到这时光也用尽了。黑夜沉沉压下来，阿婆踮起脚取下挂在墙壁上的畚箕，给桅灯加满油，给茶缸灌满水。阿婆叫阿爷到门外听听水碓的捣声。在阿婆阿爷的耳朵里，水碓捣声是有粗细和硬软的。细了软了就差不多接近尾声了。阿爷挑着畚箕在后，阿婆提着桅灯在前。"做纸，做纸，盖盖半年被，吃吃年半米。"阿婆提着老话，把黑暗踢向两边，走出一条路来。

我虽然关上了眼睑，心中那盏小灯笼却依然亮着，跟着阿婆在通往水碓的那条弯弯曲曲的蛮石路上漫游。我左手提着竹篮，右手拿着镰刀，跟着阿婆辨认路旁花花草草的脸。阿婆说它们治啥就长啥样。车前草的叶子伸出来，像一把把汤勺；地耳听了太多地下黑暗世界的话，也变成了黑耳朵；虎耳草浮着一层紫色茸毛；岩葡藤把岩石包裹起来……它们是村里的主治医生，各自分工精细，岗位职责分明：车前草坐诊泌尿科，地耳坐诊心血管科，虎耳草坐诊五官科，岩葡藤坐诊骨伤科……我小心地把它们请到我的篮子里。

我一个人是不敢走到溪江边的。我怕溪中岩石上那些鼓鼓的编织袋、一堆堆的灰烬和水中散落着的各色衣物。在我还未获知这些神秘物质的真相之前，阿婆总是一脸忌讳的神色，说，走快（温州话：快走），走快，细儿（小孩子）别多问。终于有一次，阿哥在身后得意地大声说了出来——那是死人的衣物，袋子里装着死姆儿（死婴）。阿婆操起扫帚把他打出了水碓屋……我在铺排这条路上看不见却存在着的一些场景的时候，阿婆阿爷已启动了水碓。水碓捣声远了听，像天际压过来的闷雷，浑厚、绵长、宽广；近了听，暴虐恐怖，三百多斤的石碓头砸下来，仿佛要把身体里那颗小心脏从胸腔里震脱掇了去。要过好一阵子，一大一小两颗心在互相的碰撞中才渐渐平稳合一，叩啄同时。

夜里捣刷要打起十二分精神，稍一分神，添刷人的手指、脚趾，甚至一只手掌或脚掌就会喂了水碓。阿婆说，"锤手"的四个手指就是水碓捣了的。"锤手"是我叔叔辈。二十多年前的一个深夜，就是打了一个瞌睡，四个手指就喂了水碓。确切说，那根本不算睡，就眼睛一闭一睁。黑夜里的惨叫被水碓吼声湮没，血肉融入金黄的纸绒。村人都忘了他的本名"周富来"，都"锤手""锤手"地叫着。"锤手"做任何事，右手单调到只有一个动作，就是大拇指极力地翘起来。晨曦中，他沿着石板路挨家挨户叫卖豆腐。豆腐担歇在人家的阶前，左手端起一块白生生的滴着水的豆腐放入秤盘，右手那根大拇指利索地穿过秤纽，使劲翘起，像夸赞每一块豆腐的鲜美。

桅灯的光亮慢慢淡下来，蛮石路再次从晨曦中浮现出来。阿婆和阿爷全身浮着一层金色的绒毛，面目模糊，跌跌撞撞地走来，夜深深地陷进他们的眼圈，肩上的一担纸绒闪着金色的光芒。

三　纸槽，撩纸，一次裸身出嫁

做纸的村庄是流水的村庄。滴下来。涌出来。挂下来。冒出来。"滴答。叮咚。汩汩。哗哗。"水带着不同的表情，不分晴天雨天、白天黑夜，流到每户人家的锅里、碗里、嘴里，还有每一张纸上。

这么多水从哪里来？起于一阵雾，一阵雨，一片云，在后山、前山，在无穷无尽的草木根系中涌动，穿越黑暗的地下迷宫，带着土地深处古老的事物，奔着村庄而来。村庄缀满水珠，全身湿漉漉的，像跑了一夜的孩子，满头大汗，野泼泼的。所有的水，最后都汇集到大溪里去。村人管溪叫溪江。溪水在蛮石间冲撞激荡。气顺时推动水碓，发怒了就毁了水碓和桥梁，撕下山的一块，有时还带走几头牛、几头猪，甚至个把人。

最美的是山涧，它们是云的根，一条条从山顶白花花地扎下来。纸槽就密布在这些根的两旁，收集一槽的云水。撩纸的纸槽是村庄最有水色的地方。女人在纸槽里撩起一张纸像撩起一片云，动作撩人，弄出的水声，美妙得像复调音乐。

乡人则说："一张纸是从水里摸上来的。"话里带着苦味。

"踏刷"是撩纸的前奏。一截竹排接了涧水，"哗哗"注入纸槽的小槽里。从水碓的石臼里扫起的还温热的刷绒吸饱了水，一朵朵浮上来。水拉着刷绒形成一面鼓，完成润胀后，把多余的水从纸槽底部的一个小洞赶出去。水汪汪的一槽刷绒转眼之间萎缩，像失恋人的脸色暗沉了下来。可以"踏刷"了。脚在纸槽里来来回回密密地踩，像牛犁地，脚掌翻起纸浆，"吧嗒，吧嗒"踩成烂糊。涧水第二次注入纸槽，一截竹排包了木棍撸起纸浆，纸浆从竹排上纷纷滑落翻滚入水，空气"稀里哗啦"散成一堆碎玻璃。在搅拌的喧哗中，那些小结被彻底打开。空气被水声和力量折腾得热乎乎的。纸浆像榨汁机打出来的芒果浆似的稠密细腻。多余的水再次被放掉，沉淀下来的纸浆看上去像一块厚实的箬糕，呈现成熟的黄，然后等待一双手捧起。

冬至向小寒过渡的一天早晨，在阿兰的纸槽屋里，捧起这些纸浆的是阿青。

阿青家在外条弯，阿兰家在底条弯。他们在弯弯曲曲的石板路的两头住，中间隔着十几座高高低低的房屋。在这条通往阿兰纸槽屋的小路上，"狗牙霜"从地面拱出来白绒绒的一片。霜在赶往雪的路上遇到的第一个人是阿青：鞋帮湿透，十个脚指头麻木地欢乐着，每一脚踩上去都响起细碎的沙沙声。阿青知道昨天阿兰家轮到夜晚捣刷，捣好的刷必须今天一早踏好，才可以撩纸。做纸是"劳力兑伙食"的活，谁家劳力多，就多产纸。踏刷是个苦差，有人帮忙那是求之不得的事，更别说在双手双脚入水刀割般痛的冬天了。

在狗牙霜尖利的牙齿慢慢缩回地下时，阿兰腋下夹着纸帘，呼着一缕白雾，沿着纸槽屋的小路走来。她看到了纸槽屋里那个忙碌的身影。阿青正把小槽里的纸浆往大槽里捧，准备烹槽。看着躬身捧纸的阿青，一种像喝了一口热水的感觉在阿兰心里洇衍开来，脸上浮出一朵桃花。过了好一会儿，阿兰的一声"阿青"，像一根细柳枝，撩皱了一槽的水。阿青微笑的水波一路流淌开来，注入眼睛的深潭。阿兰下意识地点了一下头，眼里闪过一丝不易觉察的坚定，跨过横在纸槽和山涧之间的竹排进入纸槽屋。

阿兰和阿青好上快一年时间了。春天斫竹的时候阿兰崴了脚，路过的阿青把阿兰背下山。后来，腼腆的阿青就常去阿兰纸槽屋里帮忙。但让阿兰把阿青从村里众多的年轻人中挑出来的是阿青还有一种才能——吹笛子。阿青的笛声仿佛长了一个弹性的钩子，把阿兰扯远又拉近，拉高又降低，吹得阿兰湿软软的，吹得同村的青年牙痒痒的，吹得分纸的阿兰妈皱起眉头黑了脸，扯破了好几张纸。阿兰和阿青的感情像门前的柿子树，萌芽，开花，结果，成熟，收藏。

那时，我觉得自己是一只蜻蜓，长着一对复眼和一对翅膀，一会儿停在草叶上，一会儿又停在瓦楞上，跟风一起潜行。村庄里几乎所有的事物都被我的目光触摸过，那些微小的或者大个的或者隐蔽的事物在哪个时间点插入做纸链条上哪个位置我都一清二楚。其他人都找不到，也不会去找，除了我这个终日游手好闲的看起来孱弱的孩子。比如那个夏日中午，我发现了我家纸槽屋里的木梁上缠着一条蛇，在离撩纸的阿婆头顶一尺处悠然地吐着分叉的信子。在阿婆心疼一条蛇耽搁了她撩纸的进度时，我已对蛇失去兴趣悄悄溜开围观的人群，去屋后的水竹林里捉"水竹娘"（一种吃水竹笋的甲壳虫，捉住后用缝衣线系在一只腿上，拉着线放风筝一样玩）。八月的风也困倦，竹林像涂了一层蜜。"水竹娘"带着我的眼睛飞翔。我瞥见阿兰的纸槽屋后面有两个黑黑的头在浮浮沉沉，两股一粗一细的呼吸相咬。纸岸在滴水，纸槽里的水在起伏荡漾。空气与一道隐秘的气息一起搏动。我穿过竹林，发出"窸窸窣窣"的声响。纸槽屋后冒出了脸色绯红的阿兰和阿青，气喘吁吁，仿佛刚结束一次遥远的探险之旅归来。一个充满好奇心的十三岁的在场者，毫不知情地撞进了这场不是时间概念上的春天。

纸槽屋里，阿青接过阿兰手中的纸帘，然后把踏好的刷绒捧起来放入纸槽，拿起烹槽棒（短的小竹竿），阿兰也拿起烹槽棒，两人隔着一槽的水，面对面开始烹槽。一个从左向右，一个从右向左，一划一收，成椭圆形圆圈划搅。一截小竹竿承受千钧之力，把纸槽里的纸浆搅和得像镬里沸腾的粥，"噔、噔、噔"地翻滚着。煮得越透，纸浆里就越看不到结块的纸绒，撩起的纸就越细腻。

阿青和阿兰，一个来一个去，不时抬头看看对方，两人眼睛里的星星一闪一烁。纸槽里的纸浆"滚头"蹿得老高，水花飞溅，身体也温润起来。眼波一横就可以探听到对方身体里响起的水声。

阿兰开始撩纸，阿青看得发呆。

阿兰今年虚岁二十岁。眉眼长得平常，也不细皮嫩肉。嘴角却生着两个酒凼，这点遗传了她妈。那两个凼永远像酿着一埕米酒，不用笑，也不用牵动脸上任何一块肌肉，已经甜得让人醉。阿兰跟村里其他的孩子一样，十三岁那年就开始学习撩纸，成了家里的正劳力。一般人一天撩一千五百多张，阿兰一天却撩到两千多张。"嘶咧呼，嘶咧呼，一张纸一斗谷。"阿兰是全村人思量（夸赞）的好姑娘。

阿兰家的纸槽屋藏在一片水竹林旁的一条山涧边。地方虽僻静，但一天到晚有笑语。村里的青年人有事无事就爱往阿兰的纸槽屋跑。阿兰撩纸的动作很美，撩纸的阿兰也很美。撩纸的十几个动作之间像牵着一条无形的线，连贯又跳跃，柔美又劲道。劳作的粗粝仿佛被阿兰嘴角两个酒窝里飘出的香气熏了二十年，正到微醺状态。

阿兰俯下身，嘟起嘴吹开水面上的泡沫，眉眼一挑，食指一弹，帘弹竹"噼啪"一声倏然滑开，帘夹入床一声"啪啪"，像轻巧地踩着鼓点。端起帘轻柔地拍水，翩然欲飞起势。随即竹帘随浪斜插入水，阿兰上身前倾，帘逐浪随势沿壁像鱼儿探出。阿兰的腰自如地放出去又收回来，像新鲜的麦芽糖，柔软纤韧。纸浆上帘，力拔千钧地从水中端起，嘴角一拧，像一朵出水的花儿。帘前倾，所有的力量从水里溜走，密密的水帘，泻入槽中。帘抖一抖，纸浆牢牢地粘在帘上。阿兰饱满的胸乳像小兔子跟着跳动。食指一勾，帘弹竹"噼啪"一声回来，帘稳稳一放，帘夹帘"啪啪"出床，扭身迈出一步，转向纸岸，放下帘。拇指和食指相啄，轻捻帘轴，掀起，纸岸"沙"的一声，脚收回，帘重新入床。这一撩一抖一放一掀，一张纸诞生了。

阿兰撩的纸在瞿溪街上也有名声。瞿溪街是泽雅竹纸交易的集散地，是纸山人走得最远最勤的山外世界。阿兰妈早在瞿溪街给阿兰谋了一门亲事，是街上卖咸鱼的商贩人家，八字都合过了，合计着年底订婚。听说那户人家看上阿兰的大屁股好生养。阿兰妈说，阿兰嫁过去，一世不用做纸，顿顿有白鲞（咸鱼干）吃，老鼠掉到白米箩里，鼻子下这一横就不愁了。阿兰死活不同意这门亲事，说一屋子腥臭，人都成白鲞了。阿兰梦里只有纸山。阿青才是她的梦中人。

阿兰妈也死活不同意阿兰嫁给阿青，说阿青家六个兄弟姊妹，一年到头全家扑在地里还捉襟见肘，老大二十八了还讨不到老婆。阿兰妈放出狠话："再跟阿青在一起，就不认你这个囡，就当我没有生，有本事赤股条沙（方言：一丝不挂）出门。"

让阿兰定心做出选择的就是阿青大清早踩着一路的狗牙霜，到阿兰纸槽屋里踏刷的那一刻。那天夜里很冷，阿兰妈说会落雪。阿兰说，妈你先睡，我把今天撩好的纸岸分好，明天晴，就可以晒燥（方言：晒干）。阿兰妈生了火，夹了一些炭，热了一个火箱，给阿兰暖脚。看着苍老的阿妈，阿兰的心尖尖上冒上来的一些东西，哽在喉咙里找不到出口，在心里左冲右突，终于在阿妈上床睡觉后从眼睛里倒出来，把纸岸砸出了一个个坑。夜很静，阿兰把纸岸的边额用纸矸（一根小铁棒弯成月牙形，两端钉入小木棒当握手柄，这种小工具矸纸使纸岸松弛，纸张容易分出）踢得又松又高。踢纸额的"嘭嘭"声在寒气里像一声声沉重的叹息。纸矸踢到了阿兰的手指，疼得她咬紧牙直甩手。阿兰冻得通红的拇指和食指像两只触角刨开纸角，然后左手的食指和中指夹住纸角一张张掀出，五张错开成一蒲（叠），纸蒲渐渐升高，纸岸寸寸下降，一张纸与另一张纸分离发出的"沙沙"声，像虫子似的把时间啃得越来越少。

夜越来越深，阿兰脱下身上的外衣，不禁打了一个哆嗦。这件蓝底印花的卡其外套是阿妈去年在瞿溪街上卖了纸后给她买的。脱第二件衣服的时候，阿兰的手明显艰难了起来，像在脱一件铁衣，手脚都提不起来，每一粒扣子仿佛都是一座山。到阿兰脱胸衣内裤的时候，几乎是毫不犹豫了，用了破罐子破摔的劲儿。

门吱嘎一声，雪花拥进来。阿兰裁了黑暗作嫁衣，邀了雪花做伴娘，把自己嫁给了阿青。阿青在石板路的转弯处用自己的棉衣迅疾地裹住了阿兰。漫天飞雪中的青春在天地间飞奔，如一束旷野的光芒穿过黑暗的世界。

第二天一早，阿兰妈看着阿兰床上叠好的衣服，持续了一年的愿望像麦秆吹出的肥皂泡在空气中"啵"的一声爆炸了。

阿兰逃到阿青家的新闻沿水路流淌，流进各家，流到村外。阿兰妈感觉自己突然矮了一截，在人前也抬不起头了，认了阿青全家作仇人。阿兰几次回娘家都被阿兰妈用扁担打出门。两年后，阿兰的女儿一声"外婆"才消了阿兰妈的仇怨。一块陈年的坚冰，经外孙女芳香柔软的小嘴一舔，化了。

四 卖纸，瞿溪街，一张纸上的风云

做纸的水出了山，汇成一条向东的河流。这条河，晴天像一匹织布机上刚卸下的布，瓦蓝瓦蓝，没有一丝折痕；阴天，一河灰烬，空幻无尽。雨点落下，仿佛掉进了时间的深渊，激不起一朵回忆的水花。

这是一条在飞檐、屋角、石墙、屋脊等建筑的局部之间流淌的河，表面平静，内里却暗流汹涌。下潜到河的底部去，会发现并惊异于一条河骨子里的活力以及视野的辽阔。这才是一条河流的真相：它是一条瞿溪街。

街面实在狭窄，阳光也无法铺排开来。上午，只能照亮街的左边，店铺那一溜长长的门板，像涂了一层蜜蜡。中午，阳光在中间地带，深金色的阳光把两边的店铺辉映得亮堂堂的；到下午，分给右边店铺的时候已是暗黄了。光有所保留的态度，和降临时弥漫各个角落遭遇到的抵制，造成一条街的抑扬顿挫，夸张的明暗对比倒让人辨认出时间，然后说出大概几点的样子。至于店铺飞檐、额枋和雀替上的飞鸟、走兽、戏人，并不是在清晨店铺主人卸下门板的声音中醒来，阳光也左右不了它们的生物钟。它们在第一批纸农到达时，发出的一串脚步声中开始转动自己的眼珠子，而后，一批一批脚步密集地赶上来，直到纷沓重叠，它们才完全清醒过来。街面上你挪我占，两侧摆起了纸的长龙，叠成了纸墙。在不断聚集的人潮的冲刷下，它们飞起来，插入各种谈话，挤进各种笑声。

人群密密麻麻，像蜜蜂聚集在蜂巢上。仔细观察，不一会儿，你就从嘈杂中分拣出那个线头——这街上的店铺有三百多家，棉布行——胡新昌，中药店——乾仁堂，酱料店——广顺和，染布行——郑新及，草席店——吴裕兴，食盐店——吉祥兴，日用杂货——黄福记……还有肉架、米行、面坊、咸鱼、打铁、理发、裁缝等无招牌的，当然中间主要的还是纸行——胡昌记、王太生、毛康宝等，他们的顾客几乎清一色都是那些出售自己手工纸的山头人。占据"打锡阿三"店门前的是我村里的"六指头",我叫他六指叔。大家已忘了他的本名,村人都说他家就多了一个指头,做的纸才比别人家好。他脱了那双解放鞋,赤脚站在地上,脸上浮着一层亮晶晶的小颗粒。那是汗水流出毛孔风干后的盐渍。六指叔把身上那条湿漉漉的汗衫撸到胸口,抽过搭在肩上的那条已经分不清原色的毛巾擦拭着汗津津的前胸,然后反手绕到后背抹上几把。一头稀疏的头发,被汗水粘在头皮上,经毛巾一擦,风一吹,像经霜的茅草颤簌着。皱纹缝隙中的眼睛,凌晨的黑暗还未褪尽。他跟村里担纸人一起,凌晨四点就出了家门,然后翻山越岭走了四个多小时,把这个月做好的六条纸挑到瞿溪街上出售。他一屁股坐在地上,靠着自己的纸墙,松松垮垮地塌在那儿,像一头空肚子拉了半晌犁的牛,眼皮耷拉了下来。

九点光景,街上起了一阵骚动,像涌动的河上突然刮起一阵大风——风是天气变化的先兆。这阵风是由一句话形成的,不,准确地说是一个词。这一个词从街上几乎每个人的嘴里走了一遍之后就成了风。"来了,来了。"六指叔听到那个词,屁股突然从地上弹起来。原来他眼睛睡着了,耳朵一直醒着。他赶紧把毛巾往肩上一搭,眉毛一提,胸脯一抬,亮开嗓子喊:"六指头的纸,顶好的货色,要买抓紧。"

谁来了？是买纸的老板带着各自的伢郎从街头向街尾走来。

这些来自宁波、上海、温州、青岛、大连、苏州的老板，穿着西装，打着领带，皮鞋闪亮，在涌动的河流中像一条条滑手的鲶鱼。

瞿溪街每天的纸市开市了。

一纸上市，百业俱荣。"兴旺老板，走来看看，上等的四六屏。""顶好的货色，血本出卖。""蔡老板，过来过来，我家纸你是信得过的。"这些话像烤热了的糕团，一把一把往喧闹的街上甩，恨不得粘一个老板到自己的纸摊上来。人潮中的老板被一拨人拥到这家推到那家，被一双双手拉到这儿扯到那儿。老板始终笑眯眯的，不发一言。跟在老板身边的伢郎，才是老板的眼睛和嘴巴。伢郎看纸像相一头牛，扳开牛嘴看牙口，还细细摸骨头。伢郎看纸看厚薄，看柔软，看韧性，看色泽，最后还数一刀的张数。然后定档：一档是小姐，二档是贴身丫鬟，三档就是烧火丫头，有些根本找不到婆家，只能贱卖了。

这条街是一个自由市场，所有的货物买卖可以讨价还价。那些日用品的价格几乎是一成不变的，除了纸。纸价是自由得离谱，在买卖双方的嘴里抿来抿去，仿佛是一块糖，滋味无穷。

上海的黄金龙老板背着手走到六指叔的纸墙前。他是六指叔的常客。

"阿兴，看看六指头的纸，他家的纸我放心。"老板的眼光一递，连着眼里那一点儿闪烁，伢郎都接住了。

"好嘞!"一道金光在一条缝隙里一闪不见了。

伢郎阿兴拎了一捆纸，靠在自己的大腿上，用手肘一压，纸捆一下子从腰身缩到膝盖，紧扎的篾条松开了。手肘一放，压得密实的纸张蓬松开来。动作像老练的男人，扯了女人的肚兜带，直抵温软。从中间抽出一刀来，手一掀一捻，纸张的韧性、厚薄、粗细，都在伢郎的心里了。

"六指头，这刀里有破张。"那一张只缺了一个角的"破纸"被抽出来放在纸墙上，一缕风吹来，不知被卷到哪儿去了。

六指叔的心也被这一张破纸吊起来半天高，隐隐不安起来。平日这个阿兴可没有查得这么仔细："凑巧，凑巧有一张。"

阿兴又从底部抽出一刀来。手指蘸蘸口水，开始数起来。

"六指头，这刀只有九十九张。"

"再数数，你会不会数错?"

"那再数一遍。"

"还是九十九张。"

"皇天啊!老老娘（老婆）……黄昏……拆纸……眼……看……糊了。"

六指叔这句话抖得断成一截一截掉下来。

一旁的黄老板开始掏出一支烟来点着了。那张脸在烟雾中若隐若现，让人越加看不清神情。

"六指头，这就是你不对，我一向对你信任，也是纸行的老客，你可不能蒙人，以前我都没点（数）你家纸，一年我损失有多少呀？"

"黄老板……"六指叔的话像枯木被折断再也接不上。

"你这样的纸只能定为二档纸，本来是三档。"

六指叔的脸涨得通红，喉咙里像塞了一团棉絮，咽不下吐不出。六指叔心里明白，这"偷张"传了出去，日后在瞿溪街是矮一个头的，不论是纸还是人就倒了"字号"。虽然"偷张"是公开的秘密，但被发现了就像被踩住了尾巴一样难以甩掉。

老板又给伢郎递了一个眼神。伢郎又接住了。

"六指头，你不晓得，昨天上海的纸市场价格塌完了，听说今天还在塌，这个价格买你的纸，我老板已亏死。"

伢郎的眼睛仿佛加了润滑油，在自己的轨道一转，能量马上传导到那张嘴上，一开一合，露出一颗金牙，好像一把小刀，金光一闪，就从纸上刮走一层金子。然后把夹在耳朵后的红笔一拿，在纸捆侧面写上"胡昌记"行号。

六指叔动了一下嘴没说出话来，挑起纸就跌跌撞撞地往指定的收购点走去。六指叔明白这是纸老板给他找台阶下，让他哑巴吃黄连有苦说不出还要感激人家。街上谁人不知道六指叔的纸好，验纸时被查出缺张就算他走了霉运。

一场自由买卖结束了。伢郎的最后一句话是整场"智斗"的要害，前面你来我往的话仿佛都是为引出这句话铺路的。有时候纸农过足了嘴瘾，脑袋里那几个有限的词语用完了，这句话就出现了。纸的价格来自上海十六铺码头，随黄浦江的风云而变幻，山里的纸农看不见那里风云变幻的样子。从上海的瞿溪路飘到温州的瞿溪街，那风云就变成了一张纸的厚薄。

六指叔从胡昌记的收购点出来时，有点恍惚，眼睛从一排排店铺掠过，竟然想不起要买些什么带回家了。他踩着一地的棉花走出瞿溪街，竟然走到了临街的瞿溪河边。

河埠头上，一条船正在装纸。

从山里来的水都在这条河里。

纸就顺着这条河走出去。

二〇一七年六月一日

南　鹞

世人只知曹雪芹的《红楼梦》，而不知《废艺斋集稿》。这是曹雪芹另一部天才著作。雪芹是想用这部作品帮助贫穷、废疾无告的人们，学一种维生的技艺。《红楼梦》涉及绘画、医学、建筑、手工艺等，《废艺斋集稿》叙及图章、风筝、编织、脱胎、织补、印染、雕刻竹制器皿、扇股、烹调八类技艺，可见曹雪芹博于技艺。

写《废艺斋集稿》是由《南鹞北鸢考工志》起意的。曹雪芹的朋友于景廉从军伤足退伍后无以为生，儿女忍饥挨饿，向他求助，他亦困顿，遂教以风筝的技艺，后来于竟以为业，维持数口之家。由此，曹雪芹才产生"以艺济人"的意绪，遂援笔。他在自序中道："意将旁搜远绍，以集前人之成；实欲举一反三，而启后学之思。乃详察起放之理，细究扎糊之法，胪列分类之旨，缕陈彩绘之要，汇集成篇，斯以为今之有废疾而无告者，谋其有以自养之道也。"

以艺活人，风筝已不是玩物了。刘氏风筝传承百年，恰合了曹雪芹撰写《南鹞北鸢考工志》的本意。世人皆认为汉字风筝在民初已失传，不料温州刘家还善其技，传承曹子遗风，亦见久藏的民间精神。而人生起承转合之处，恰是这些看似无用之物，给了生命一线希望。

一

"正月灯，二月鹞，三月麦秆作吹箫……"

初春，九山湖旁的树枝头还灰扑扑的一点新芽的影子也没有，松台山上早练的人们已汇入山下蝼蚁般的人潮。刘力坚用脚尖轻轻踢起一点尘土试试风，然后跑起来，手中的"福"字像它自己要飞一样，迫不及待地往空中一跃，手中的线被风快速地抽走，手随之潇洒地一扬，风筝就猛地扎下去又浮上来，而后扶摇直上，越飞越高，掠过树木，向着远处楼宇密集的街市飘去。

春天于刘力坚来说就是放鹞日，从东风浮动，一直到初夏的第一场透雨落下，春天似乎也是被他放走的。

"这是老祖宗传下的瘾。"五十三岁的刘力坚，身体圆墩壮实，皮肤黝黑，说完后，嘴角往上一拉，笑容天真纯然。这只福鹞是从他的曾祖父刘益卿手上传下来的，刘力坚已是刘氏风筝的第四代传人。

刘力坚拿一块石头将线轴压住，福鹞就稳稳地飘着了。红色的"福"字衬着老城像某种岁月的底版。从高处俯瞰老城，那些大街小巷像雕版师刻出的一条条河谷。每一条河谷里都流淌着五颜六色的河水，这些彩色的河水被两岸吸进去又吐出来。

刘力坚出生在福鹞下那片瓦屋像鱼鳞一样密集的街区——鼓楼街，那里曾是小城政治经济文化的中心。鼓楼街因鼓楼而得名。鼓楼也叫谯楼，建于五代后梁开平年间，是吴越王钱镠的儿子钱传璙占据温州后，为确保长治久安，在修缮外城的同时，增筑了内城（也称子城）。原有东南西北有四道城楼，现在只存南门的谯楼了。明清以前，谯楼上设"铜壶刻漏"与"更鼓点"，朝夕按时"播鼓打锣"遥传四方，内外赖以作息，故市井习称为"鼓楼"。鼓楼经历过宋赵构泛海而来南奔入城的灾难式荣耀，也经历过特殊年代被当作食堂烟熏火燎的难堪。现在的城楼是二十世纪九十年代重修的建筑。城楼的飞檐把古城的气息渲染开来，唤醒历史的记忆。

"我家在鼓楼街九十号。清末民初，阿太和阿爷开'永古斋'刻字店，阿太扎鹞阿爷刻字，现在是我姐在卖毛线。"

少年的刘力坚，常常穿过鼓楼到人民广场上放鹞。鹞吃着空气发出的"窸窸窣窣"声，在进入鼓楼洞时扩张成的大片"稀里哗啦"声，至今还在他的身体内回响。现在的鼓楼街商铺主要经营布料和绒线，主顾大多是中年以上的妇女，她们依旧扯布裁衣、买线织毛衣。这两种保留体温的东西，仿佛也可以保留岁月的流光。这条街也全凭这些老资格的人，才有了存在的理由。我甚至可以看到她们在触摸布料，然后把布料披在身上比试花色，或是在揉捻毛线，比对颜色的搭配，再询问价格。密密麻麻的脚，嘈杂喧闹的声音，连同那些缤纷的色彩，一起塑造着这条街的内部。当然，时代风向也在这儿体现——一间"玉珍"美容店和一家"香辣"小龙虾店。有了它们的存在，这条街安然自守的气息反而愈加浓了。旧日，这条街上还有一家寿衣店、一家制笔店和一家钟表店，如今自是不在了。

在时代的洪流中，有些事物永不复返，有些事物留了下来。刘家"永古斋"的雕版和刻字的工具都已不存，制作风筝的传统却像血脉一样一代一代延续了下来，尤其是汉字风筝——福鹞。《红楼梦》第七十回讲到"一个门扇大的喜字风筝"，《南鹞北鸢考工志》也提到"富非所望不忧贫"的七字风筝。曹雪芹的汉字风筝是写在纸上，刘家的汉字风筝运用了刻图章的镂空技艺，工艺更加精美，是传承也是创新。

太阳一寸一寸地高起来，刘力坚手中的线轴慢慢地往里卷，偶尔松一下，福鹞似一只倦鸟，慢慢悠悠地飞回来，颜色从远方的黑色，到黄色，到阳光直射下变成金色，到眼前就是红色的了。这种过程很意味深长，像穿越历史的时空。

这个镂空的巨大的"福"字，笔画胖胖的、圆圆的，不论在什么背景中，都是一种浸入式的，都会让人的情绪满溢着。此时，感觉到了汉字风筝有别于其他象形风筝的美——除了汉字书写之美，还有汉字语境之美，有一种神秘的力量。

二

刘氏风筝的始创者是刘力坚的曾祖父刘益卿。刘氏族谱上写着刘益卿出生于一八八六年，一九〇八年从永嘉碧莲到温州市区，在五马街一间拷绸店当伙计。

温州的五马街似上海的南京路，除了建筑风格相似，也是商号林立，那些从海上来的货物很快就到了五马街的商铺里。

一个二十岁靠双手的乡下人，在城里谋生就像"小细儿"（方言：孩子）爬楼梯，只能手脚并用一级一级地往上爬。伙计是第一级，第二级是站柜台。刘益卿暗中狠下功夫学习打算盘和写字。煤油灯把黑夜刨出一个洞，他就在这个洞里不停地练，算盘珠子把无数个黑夜敲碎，又拼成一个个字。刘益卿终于脱下短衫换上了长衫。

长衫如门面，一穿身份就不同了。操算盘的人也是一家店的主命，算盘珠子的"噼里啪啦"声也是银子滚进滚出的声音，平日里应酬唱和的人也多了起来，日子一久，刘益卿开始入不敷出。毕竟是一个只有长衫面子没有长衫里子的人，城市生活对他藏起的恶意，这个乡下人还没有觉察到。

转眼又是一年春天，天上的风筝也渐渐多了起来。清晨，刘益卿从租住的谢池巷出来往拷绸店走去。谢池巷是南朝诗人谢灵运来永嘉（温州）作太守时的登池上楼休憩清心的场域。谢灵运著名的山水诗《登池上楼》就产于此处。有千年文气积淀，场地也空旷，文人墨客常聚此雅玩。刘益卿在这儿落脚的几年里，看尽了城中富家子弟消磨时光的种种玩物，风筝自然也是其中一种。

"这个月必须断了那些吃喝应酬，儿子永生买字帖的钱也无着落了。"刘益卿脑子里盘桓着这个问题时，不觉脚下打了一个踉跄。与此同时，一只风筝猝然扎下来，啪的一声，一头栽在他的跟前。这是一只"沙燕"。巷子里跑出几个身着绸缎棉袄的富家少年，从他手里要走了这只"燕子"。玩风筝的人已消失在街巷的拐角，刘益卿还愣在原地，仿佛一转身，就放走了某种寻觅已久的东西。

有时候一些事物投映到心上，在某种心情的催化下，会起化学反应。就像此刻，刘益卿的心被这只"沙燕"啄了一下，而后一个念头就破壳而出——"何不扎鹞，赚富家子弟的钱呢？"一次偶然的视线聚焦，给了一个人生活的转机。

虽然相隔了一个世纪，在刘力坚的叙述里依然能够想象一个世纪前的那个春天刘益卿辞职的情状。

刘益卿走出谢池巷，朝五马街口的拷绸店走去，春风撩起长衫的下摆，裹住他的腿脚。这时，他才感觉到还是短打衫方便。而那件曾经让他引以为傲、花了很长时间求来的长衫，没了他一口气的支撑像被抽了骨一样软塌塌地躺在柜台上，看起来如此地单薄。谁都知道，不出几个时辰，就会有人穿上它，又让它神气起来。

三

日子一天天地过去，刘家每日开合的眼皮把风筝放下又提起。刘益卿扎绘的风筝不仅养活了一家人，还在远近渐渐有了名声。扎绘风筝给这三口之家在城里深深扎下根来的力量。正如曹雪芹在《南鹞北鸢考工志》自序中说及于景廉那样："风筝之为业，真足以养家乎？数年来老于业此已有微名矣。"

刘益卿把儿子永生送到"兴文里"一家叫"怀古斋"的刻章店做学徒，三年后学成出师。刘益卿就在鼓楼街租了一间二层的楼房，挂出了"永古斋"字号。儿子在前台刻章，父亲在后台扎鹞。曹雪芹的《废艺斋集稿》第一册叙述的刻印技艺和第二册的扎风筝技艺，在鼓楼街刘家并存着，也把这一家子的生活重组在一个全新的基础上。

两年后，刘益卿就把鼓楼街这间二层楼房买了下来。刘家在小城终于有了属于自己的一块薄土，过去的二十多年都是为此刻仔仔细细准备着。经过两代人的努力，永嘉碧莲的刘姓，分出的一支到了温州市区鼓楼街。刘氏族谱上用简短的一行字记录了这一支的走向。

小城的风把少女吹成妇人，把五马街拷绸店穿长衫的人吹走一个又一个，把刘益卿吹出了满头的霜迹，但那双手则更灵巧了。在一年"拦街福"（温州春天民间祈福的民俗活动）上，刘益卿扎了一个会自动喷水的风筝龙头摆在家门口让人欣赏。"龙喷水"在小城可是件稀奇事，刘家门口自是被前来参观的人围得水泄不通，刘益卿也被街坊邻居称为"风筝王"。

一个底层手艺人称王称霸，是要招嫉恨的。"永嘉县民教馆"要举办全城风筝比赛，这一场"风筝王"争霸赛，是冲着刘益卿来的。刘益卿想着，做什么样的风筝参加比赛呢？沙燕、大雁、老鹰、金鱼，这些都太平常了。

扎风筝的人也是追风的人，风筝的骨架也是风的骨架，从做第一根篾条开始，就在跟风对话。在刘益卿的耳朵里，竹篾刀划过竹片的"嗤嗤"声，和篾条在火上冒汗的"滋滋"声，都是风的声音。他在这些细碎的声音里捕捉风的方向，掂量风的轻重缓急。

"永古斋"参赛的风筝做好了。这是一个一米二长宽的大红的镂空"福"字，比大户人家刻在照壁上的那个"福"字还大。这么大的汉字风筝在小城还是第一次见。刘瑞卿的"福鹞"是受刻字技艺的启发，却与曹雪芹汉字风筝不谋而合——"以天为纸，书画琳琅于青笺。"刘益卿把家家户户的心愿都写在青天里了。

风筝比赛在松台山上举行。刘益卿带着儿子永生和孙子瑞锦，三人扛着福鹞上了山。在这次比赛中刘家的福鹞只评了第三名。刘益卿拿了奖金到小酒馆打来了两斤老酒，父子俩美美地小醉了一回。平民百姓不就求个'福'吗？之后，街坊邻居还是称刘益卿为"风筝王"。

这张奖状现在还保存在刘力坚鼓楼街老屋的阁楼上，略微有些发黄，上面写着"直上云霄"和"嘉奖风筝比赛第三名"，落款是"永嘉民教馆""中华民国二十七年"。这是刘氏风筝的第一份荣誉，也是刘氏风筝百年传承的见证。那只参赛的"福鹞"就是刘力坚今天放飞的这一只。

"七七事变"后的半年多时间里，小城偏安一隅，日寇侵扰不多。但要来的终于来了。一九三八年农历正月二十七日，日本人的炸弹终于降落温州，轰炸南塘机场和西郊的工业区。一天里轰炸两三次，甚至低空俯冲扫射。

半年多来从外围不断传来某某城沦陷的消息终于真切起来。空袭警报像一柄利剑刺入每个人的心脏。鬼影子一样的飞机与小城人的生命休戚相关起来。

一九三九年四月，日本人的飞机开始轰炸温州市区，南北大街、朔门、朱柏、永川等大码头被炸毁。五马街中央大戏院、钟楼遭轰炸。

一九四〇年十一月，三角门八角井头被日本人炸得最惨，二十余间矮屋被炸成废墟，二十余人被炸得血肉横飞。停放在清明桥一带的三百多具棺材也被炸得尸骨横飞。当时有人编了顺口溜描述其惨状："屋背飞满棺材板，红绿寿衣挂满山，捆绑全尸倒河滩，雪白骨头堆满街。"

一九四一年四月十九日，日军从瑞安飞云江爬上岸来，沿着桐岭，拥入温州市区。下午一时许，温州城第一次沦陷。一九四一年到一九四四年之间，温州三次沦陷。

在刘家的记忆里，日子就像被魔鬼统治，每日吞吃着小城里的生灵。富裕人家早已躲到城外去了，留在城里的平民百姓走投无路。"永古斋"里的风筝，半为碎片，半为灰烬。刘益卿就拉了一床棉被铺在桌上，全家凄惶地缩在桌子底下避难。

一九四五年六月十七日，日本人撤出温州。此时，刘益卿把风筝一一修补好，分给邻居，并通知街坊邻居"永古斋"举办风筝比赛来庆祝抗日战争胜利。松台山上一只只风筝飞了起来，那只大红的"福鹞"特别醒目，那是小城人劫后重生的盼头。

现在看来，这也是一次告别仪式。此后，刘益卿再也没有扎过一只风筝，更不用说放风筝了。风筝属于封建余孽，再说那时一天顶二十天用，肚子都吃不饱，哪来力气扎风筝和放风筝呢？

一九六一年四月，一个放鹞的春日，刘益卿入了土。纸钱纷纷扬扬像断了线的风筝上了天。

风筝，飞是一条命，不飞也是一条命。它的命看似掌握在扎风筝的人，或者放风筝的人手里，其实，风才是它的命。

四

刘益卿走后的第五个秋天，即一九六六年十月，刘家的长房长孙刘力坚来到这个世上。风继续吹，天上继续没有风筝。

鼓楼街九十号——旧日的"永古斋"，现在的毛线店，刘力坚八十岁的母亲伊秀华坐在五彩斑斓的毛线团中，安静地看着街上来来往往的人。刘力坚的姐姐刘丽明在为顾客选毛线。

刘力坚调侃似的对母亲说："我眼一睁开，子弹就在我眼前飞，这跟我后来去当兵是不是有关系？"老母亲神情平和，眼中不起一丝波澜。

让一个年逾古稀的老人回忆往事，就像一颗石子投进一口深井，大半天才听到回声。

一九六七年六月里，二十八岁的伊秀华带着不满周岁的刘力坚和她三岁的女儿刘丽明去茶山乡下避难。离城那天，天是阴的。伊秀华背着一个包袱，抱着襁褓中三个多月的刘力坚，再也腾不出手去牵女儿那双稚嫩的手，女儿就紧紧抓着母亲衣服的下摆，娘仨从小南门码头乘河轮到茶山。包袱里除了几件换洗的衣服，还有几张粮票和一包糖霜（白糖）。粮票和糖霜给茶山那户收留她们的人家。刘家在茶山没有亲戚，她们是去投奔邻居在茶山的一个亲戚。

码头上乘船的人已排了长长的队，大家你推我搡地往船上拱。船已挤满了，船老大迟迟不开船，站在岸上像吆喝牲口一样一个劲地把人往船上赶。岸上突然响起一阵"哒哒哒哒哒"的枪声，慌得船老大跳到船上，逃一样地出了城。乌云笼罩着身后这座城市，酝酿着一场暴风雨的到来。

船舱里拥挤不堪，各种气味蒸腾，把每个空隙填满。而有一种比气味更热烈的东西在船舱里翻腾——两种立场的争辩。一条河上的一叶舟子上的争论，有如一群隐姓埋名的人在一块安全之岛上忽然暴露了自己的身份，多少有点戏剧性。

这样的争辩在那个年代实在太普遍了，有人的地方就有两派的争辩，比如两条街交会的街口，比如小公园的平台上，人会聚的地方就有辩论赛。那时甚至一个家里也开展一场又一场的辩论，刘家亦是如此。

刘益卿只有一个儿子刘永生。刘永生有五个儿子三个女儿——刘瑞锦、刘锦秀、刘秀凤、刘鸿贺、刘新燕、刘贺新、刘燕进、刘进寿。刘秀凤的"凤"和刘鸿贺里的"鸿"，字虽不一样，但方言谐音，这是异中求同。刘家八个儿女的名字首尾相连，像一只串式的鹞。

老大刘瑞锦，爱看书，刻字之余，喜欢弹弹唱唱，竟无师自通做起了小提琴，做好的琴放在自家店里都会被人买走。一九五三年，温州乐器生产合作社成立，老大去乐器厂当了工人。老二刘锦秀在教具厂，老三刘秀凤在木材厂，老四刘鸿贺在面砖厂，老五刘新燕在教学仪器站；老六刘贺新也在乐器厂，老七刘燕进在塑料薄膜厂，老八刘进寿在剪刀厂。让人匪夷所思的是，这八个同一个爹娘生，住同一个屋檐下，同一个锅里吃饭，却在那个年代里分成两派各持己见。只有老父刘永生不问世事，铜壶里温一壶老酒，坐在那儿自斟自饮，把世事都付一壶酒里了。

刘瑞锦让妻儿出城避难，自己则留在城里，他是乐器厂的头。这条逃难之舟，嘈杂声合着河水的"哗哗"声，往城外漂去。转眼在乡下过了近两个月。八月的天热得发狂。太阳像个骂街的悍妇，一露脸就刁蛮凶狠。河浃干了可以当路走，螺蛳晒干像一枚枚铁钉，一滴汗都会砸起一股尘土。

这些在乡下的城里人一天里上好几次楼顶，或者爬到茶山后面的大罗山上登高朝市区方向望，一个个心神不宁地把日子一天天打发走。一天，有人惊慌地叫"皇天三宝"。各家的屋顶齐刷刷地冒出很多人，他们看到市区的上空浓烟滚滚。大家指指点点，议论纷纷，像风中躁动不安的茅草。各自在脑子里飞快地跑上一圈后，很快认定那是五马街和鼓楼街方向。在场的好多人脸都吓白了，那可是几代人从牙缝里挤出来的全部家当。

刘瑞锦在这次"大火"中受了伤还丢了枪。此后，那把枪总是阴魂不散地跟着他，一有响动，就被叫去交代丢枪的经过。时不时被那把丢失的枪打伤的刘瑞锦，旧伤未愈又添新伤，就一直疼，从此更加沉默。"还真想不明白，我那木讷寡言、爱埋头看书的老爸，有一天会跳出来。"刘力坚添了一句，诙谐地笑了。

这十年的时光，对于刘力坚，像灰烬一样，不可考。

五

一切终于平息下来，一切缓慢而谨慎地回来了。

春日的午后，阳光如老酒般倾倒在临窗的桌子上。刘永生从铜酒壶里倒出一杯酒，一口喝下，站起来拉着孙子刘力坚的手往楼上走。木楼梯吱嘎吱嘎响，像朽老之人在喘气。刘永生从床底下拖出一个纸箱，吹开灰尘，打开，刘力坚看到里面躺着一个大大的红色的"福"字。刘永生说，这是阿太扎的福鹞，等天晴了我们去放。这只离开天空二十余年的鹞，颜色已从鲜红褪成浅红，但筋骨依旧强壮。刘永生看了看身旁的孙子，又把福鹞放回纸箱封好推入床底。孙子懵懵懂懂地跟着爷爷下了楼。刘永生下楼后继续喝酒。从刘力坚记事起，这把铜酒壶就在爷爷的手上。这是一把有讲究的铜酒壶，像俄罗斯套娃，里外两套，外一套倒热水，里面一套装黄酒，可以温着慢慢喝。不管外面怎么乱，天气多么冷，爷爷就守着这把铜酒壶，喝他的酒。这一年，刘力坚十二岁，第一次看到家传的"福鹞"。

一九八二年春日的一个暮晚，夕阳染红天边，风还是寒凉，人民广场上，"福鹞"悄然飞起。它起初有点胆怯，谨慎地飞着，嗫嚅着风，像鱼儿在浅滩轻吻水草。放鹞人，一个是满头飞霜的老人，一个是风华正茂的少年。老人一只手猛地一提又一松，趁它向前冲去的余力未尽之时，左手一反腕子，风筝打了一个回旋，扶摇直上，越飞越高。在暗下来的天色里，老人的眼睛像星星闪烁。风筝和人一样不言语、不歌唱，都带着飞翔的喜悦。

这也是刘力坚人生里第一次放鹞。收鹞时，已是万家灯火。回家后老人照旧温了铜酒壶里的酒，一杯接一杯地喝，只有孙子听得出来，爷爷那吞下来的咕咚声比往日欢畅，那酒吞下去后发出来的声气也比往日悠长舒展，仿佛这一壶酒经过春日暮晚几个小时的发酵变得更加醇厚了。

日子太平了，时间也溜得快。转眼到了一九八五年的二月。天气依然寒冷，但人一眼就看见了东风。枝头先是绿蒙蒙的一片，而后一天天不可抑制地壮大起来。一城春风，一城春绿，大自然仿佛在为即将到来的什么做好了铺垫。

晨光里，刘永生穿过鼓楼洞时，迎面撞上了一张纸。这一张纸轻得像一片云，如果不注意也就飘过去了，但刘永生注意到了，纸上写着"温州市首届风筝比赛"。刘永生赶紧折回家，拿出"福鹞"挂到墙上，叫齐了全家人，给家人讲刘家"风筝王"的故事。这次家庭会议的"决议"是做一只"龙鹞"参加比赛，继承刘家风筝的风采，由自己带着老大刘瑞锦和老七刘燕进负责制作。

龙鹞制作工艺复杂，技术要求高。刘家子孙血液里流淌着一些说不清道不明的东西，比如对色彩的把握，对声音的敏感，对风向的认识，还有手指的灵巧，等等，在此次扎制"龙鹞"的过程中，都找到了源头——是老祖宗在他们的身体里藏了一个风筝精灵。

午后，太阳向西滑去，天边接应的是绚烂的彩霞。市区解放路和广场路交叉口的上空出现一条长二十米二十六节的五彩斑斓的"龙"。它甩头摆尾，身体弯曲又伸长，左顾右盼，缤纷的色彩呼应着满天彩霞，自由自在地游弋。时而对着风儿，龙头飒地一立，昂首朝更高更远的云彩中钻了进去。不知是谁第一个发现，失声喊出来：“龙鹞!”更多的人发现了它，纷纷喊着：“快看! 龙鹞! 龙鹞!”大家的神经末梢被这一喊声搅动，仿佛沉睡多年的触觉被突然激活，浑身抖擞起来，纷纷仰首观望。正值下班高峰，街上拥堵成一片。其"肇事者"——刘家父子三人，在温州乐器厂五楼的屋顶上，比街上看龙鹞的人还要兴奋。

四月的新柳沾着九山湖的水，九山湖畔的上空，燕子、蝴蝶、金鱼、龙鹞……翻腾，盘旋，俯冲，在云水间自由遨游。风潜伏在色彩和形状之下，人在看风筝的时候看见了风。

在这次比赛中，刘家的"龙鹞"得了一等奖。浙江省第一次风筝比赛在西湖畔的杭州少年宫广场举行。刘永生特地制作了一个汉字福鹞参加。这只福鹞，一个镂空的大的"福"字居中，边框围了九十九个篆体小字"福"，"小福"环绕"大福"，组成了"百福图"。刘家的第二代福鹞，工艺比第一代更出彩了。

刘永生和儿子刘燕进带着龙鹞和福鹞参加了比赛。从九山湖到西湖，是老人生命中走得最远的路，也是刘氏风筝第一次走出了温州。此间还有一个小插曲，成为刘家后人津津乐道的故事。刘永生在放福鹞时，脚下打了一个趔趄，跌坐在地上，在场的每个人都发出一声惊呼。儿子刘燕进更是大惊失色，欲跑上去扶。但见老人家神态自若，手里飞快地放线，手轻轻一提，风筝接了令，一个俯冲后，向上高高飞起，大大的"福"字稳稳地写在了天空上。这次比赛，刘永生获得了精神文明奖，刘燕进获得表演奖。此后，刘氏风筝像一棵老树不断开出一朵朵鲜艳的花来。

一九九五年，"龙鹞"带着八十五岁的刘永生乘风而去，他留下了第二代"福鹞"。

六

东海之滨的小城，是风登陆的地方。特别是八九月份，是台风季，风云更是变幻莫测。

二十世纪八十年代，风给了风筝飞翔的自由，也解放了小城人的双手。小城就像一个颈口被绳子扎紧的布袋，一下子解了束缚，哗啦一声倒出一地的五彩缤纷来——那是一个桥头纽扣市场（温州永嘉桥头纽扣市场，一九八三年开放，有"东方第一纽扣市场"之称）。

就拿鼓楼街来说，仿佛一夜之间家家户户都成了一个个小型的家庭作坊。妇孺老幼都成了能赚钱的好手，家里没有一个吃闲饭的，一条小板凳就是一个操作台：搭手表带，穿鞋帮，做眼镜，搭打火机，做发夹，穿珠花……每一双手里都在创造某件商品的某个部位。此时，自然是无人扎风筝谋生了。那时，小城是一个大工厂，生产的流水线从这家接到那家，最后流向某条巷子的一幢房子里，那是终端，所有的配件在此集结，而后鼻子是鼻子眼是眼，组装成一件件完整的商品——点亮一支烟的打火机，或是戴在某个金发碧眼的外国女郎鼻梁上的一副眼镜，或是穿在脚上的一双锃亮的皮鞋。

外国女郎眼镜上的两只塑料脚有可能就有一只出自鼓楼街刘氏兄弟们的手。刘力坚的五个叔叔都从国营厂出来，其中四个叔叔各自在家中做起了眼镜配件加工，只有四叔刘燕进买了一架相机到江心屿给游客拍照，也扎风筝卖给游客。一九八七年，刘力坚服完兵役后，也到父亲的眼镜配件加工厂帮忙。不出几年，做眼镜配件的叔叔们都买了自己的厂房做了老板，并从鼓楼街老宅搬了出去，住进了高楼大厦。刘力坚一家和四叔刘燕进一家仍然留在老宅。从小一直跟着父亲刘永生玩风筝的兄弟俩不约而同地守在鼓楼街老宅，不能不说是冥冥中刘家老祖宗的一根风筝的线牵住了他们。

一九九九年，刘燕进做了一个福鹞：中间一个大红的镂空"福"字，上首有三只"品"字形排列飞翔的蝙蝠，下方两边各有仙桃点缀。蝙蝠象征幸福，仙桃象征长寿。刘家第三代福鹞制作工艺更加复杂，装饰性更强，当年参加上海举行的国际风筝邀请赛，获得了第一名。这是刘家第三代福鹞。

二〇〇七年，刘力坚七十三岁的父亲刘瑞锦去世。刘力坚自然而然接过了刘氏风筝传承的那份心思。

二〇〇九年，刘氏风筝受中国文化部指派，随浙江省手工艺术代表团，参加在阿曼苏丹国首都马斯喀特举行的为期一个月的国际民间艺术展。这是刘氏风筝第一次走出国门，意义自然非比寻常。刘家决定扎一只百米长的龙鹞参加这次国际艺术节，为了做好这只龙鹞，刘氏家族全动员。

这样的情景多么熟悉：二十年前，刘永生曾带领全家人一起制作龙鹞。光阴荏苒，仿佛万事依旧，世界创造的无数形状没有消失，只不过从这里传到了那里，像教师授课一样，一个轮回又回来了。过去的不是消失，而是存在于某个地方或某一些人那里。

刘力坚一边经营企业，一边空闲时放鹞锻炼身体，会会筝友，日子过得松弛有度。却不知，一场风暴已在海上酝酿，即将在小城登陆。是他的鹞把他带离风暴眼，穿越了一场人生的险境。刘力坚不无感慨地说："是托了福鹞的福了。"

万事素有两面性，作为改革前沿的小城这次翻到了另一面。二〇一三年，起于青蘋之末的风，经过千山万水之后，所经之处，显示给每个人的已不是最初的样子。这次它给了小城另一副面孔——严寒萧瑟。风起时，已把自己的端倪显示出来。它先动了小城的神经末梢，就像一场大病的先兆，最初是胳膊痛，或者头痛，或者鼻塞这样的感冒症状。某一天，刘力坚给一个货主打电话，那头忙音，再打还是忙音，再拨过去已关机。发出去的货物自然有去无回，货款自然也无着落。接着这样的事情接二连三地出现，他的五个货主有三个就像风筝断了线，失去了音讯。说起当初的心情，刘力坚打了一个比喻：人心像一只在水上漂浮的气球。

像刘力坚这样加工眼镜配件的小规模企业，是一辆老牌自行车，有固定型号，有固定的零部件，有固定的客户，有固定的产值，从来都是有条不紊地一脚一脚踩着运转。有一天，链条断了一节，第二天又发现掉了一节，过几天，又掉了一节，这辆车也就行将报废了。生产出来的眼镜配件堆积着像山一样，压得刘力坚喘不过气来。刘力坚扛起福鹞就往瓯江边跑。

风起瓯江，初冬的风已有透骨的寒意，手中红色的福鹞给了刘力坚些许温暖。一阵风吹过，刘力坚把福鹞顺风一扔，福鹞左右晃荡了几下，一头栽下来，"啪"的一声掉到地上。竟然没有飞起来。这是从来没有发生过的事情。刘力坚站在瓯江边发呆。耳边突然响起爷爷的话："受风之始，必然摆荡，不必慌张失措。趁风之势，骤然给线，任其摆动，至风托起，然后猛力挽住。"刘力坚定了定心，终于把福鹞放上去了。天空如纸，心手相应，丝绦拂荡，福鹞听命乎百仞之上，游丝挥运于方寸之间。心为物役，乍惊乍喜，纯然童子之心，忘情用心，忘忧而乐，天空中的"福"带着人超然世外。

几日后，刘力坚把经营了二十多年的眼镜配件厂关停，并把厂房租了出去，一门心思做风筝，教孩子们扎绘风筝，然后参加各类风筝比赛活动。

刘力坚炒了自己"鱿鱼"这事，不由让我想起他的曾祖父刘益卿脱下五马街拷绸店那件长衫的那个春日的情状。

第二年，一场飓风终于生成，小城被置于风暴的中心。不少企业、家庭，被这场飓风无情地扫荡一空，也有人像断线的风筝戴着光环从高空直直扎下来，坠地的闷响，在坊间久久不散。此时，刘力坚已买下温州西部山区泽雅一幢四层民房作为刘氏风筝展示馆兼工作室，还考了国家级风筝运动裁判员资格证，在全国二十八位裁判中占了一席之地。国家级风筝裁判不仅代表个人风筝制作技艺和运动水准，也代表一个地方风筝的整体水平。

这场蓄势已久的经济危机反而把刘氏风筝推入了更加广阔的天地。

七

"罗列一室，四隅皆满，至无隙地。五光十色，蔚为大观。"刘力坚的风筝工作室，俨然是当年于景廉置放曹雪芹为他所扎制的风筝的景况。

这里每一只风筝都有各自飞翔的故事。我的视线落在一只中国传统印章式风筝上。这是一只用刘氏家传的镂空技艺扎制的中卡文化年的标志的风筝，在二〇一六年十一月曾代表中国参加了在卡塔尔首都多哈举办的中卡文化年活动。设计理念源于中国传统印章，中文篆体书写的"中国"与阿拉伯语库法体书写的"卡塔尔"上下连接，以卡塔尔的国旗色为主色调，两国文化元素互相融合，别致而独特。

刘力坚对这次卡塔尔之行记忆犹新。这个位于波斯湾的半岛国家，在中国可谓知名度不低——中国国家象棋冠军诸宸嫁给了卡塔尔王子，不时抛出爆炸性新闻的半岛电视台，还有石油和天然气储藏量居世界第三位……一系列的信息，像一条条潜伏的风筝线，牵着刘力坚兴奋地飞上天，又高兴地落在这片国土上。

在多哈为期一周的展览时间里，刘力坚的展位天天被参观者围得水泄不通。这个因缺水而导致运动项目极少的国家的人民，特别是孩子们，都被中国风筝五彩斑斓的色彩和飞翔的姿态迷住了。一天，围观的人群中突然有人用中文说："这不是温州的风筝吗？"在异域，母语是一声惊雷。刘力坚循声望去，说话的是一个穿着卡塔尔服饰、头裹黑色头巾的女人。头脑电闪雷鸣之后，从那双黑色的眼睛里分辨出——国际象棋棋后诸宸——老乡。刘力坚来多哈之前，很多朋友就开玩笑说，诸宸很多年没回家了，这次去，很有可能会碰上她。没料到玩笑竟然成真了。诸宸先后两次带着两个女儿来看刘力坚的风筝。身体里流着一半中国血液的孩子们，并不知道这些中国风筝对于母亲的意义。卡塔尔沙漠上的鹰隼终究不能带她回到中国东海之滨那个美丽的小城。"看着她恋恋不舍地带着孩子离去,我无限感慨,人也是一只风筝,那根线永远拽在故乡的手里。"

刘力坚说有一天做了一个梦:远方一声哨响,墙上的风筝一只只从窗口飞出去,我跑出去一看,天空布满了风筝,爷爷刘永生正在放那只福鹞。或许是日有所思夜有所梦,制作第四代福鹞一直是我的念想,但想超越前辈并非易事。这种镂空的大型文字风筝,难扎不说,形式的创新更加重要,随之带来的解决笔画与笔画之间形成的不同平面受力不均匀的问题是难中之难,突破需要机缘。

刘氏风筝技艺终归不脱"风筝之经"——曹雪芹的《南鹞北鸢考工志》,也不脱曹雪芹"艺为人谋"的初心。百年血脉传承,生命历尽磨难之后,微末之物显出大义来。而传统民间工艺的传承,像一只狐狸跑过时间的雪地,或跳脱,或被雪埋,但终究还是有迹可循。

刘氏风筝世家,已是一个四世同堂的庞大家族,人数已达六十多人。每年新春,刘力坚都会召集族人,把家传的福鹞拿出来放一放,传承家风,也希望新的一年大家福气满满。

二〇一九年十一月十八日

去寿宁看冯梦龙

一 黄昏掠过水面的飞鸟

六月是荷月。苏州城外葑溪荷花荡里的荷花开得正好，几天后就是农历六月二十四日荷花的生日，仕女倾城而出，往荷花荡赏荷纳凉，画船箫鼓，一城风华。

离葑溪荷花荡不远处的河埠头，一条摇橹船载着冯梦龙父子俩离了岸。一只飞鸟掠过水面，转眼不知去向。立在船头的冯梦龙，眼睛望向远方，一头白发似秋风中的芦花。此时是崇祯七年（1634年）的夏天，冯梦龙启程去寿宁赴任，儿子冯焴同行。这一年，冯梦龙六十一岁。

本来可以过了荷花的生日再启程，但冯梦龙不想再拖延了。前几次的荷花生日聚会上觉得自己还是一个临风的少年，陡然间已变成现在这样一个须发皆白的老人。再说，自从慧卿嫁作商人妇后，这些胜日寻芳的事，他已提不起任何兴致。芸芸众生，哪个不活在俗世里，他自己也摆脱不了做俗人，此次去闽东深山里的寿宁就是去做一个"俗吏"。离开这个被念白儒雅、婉转入耳的苏州评弹和昆曲南戏浸润的江南温柔乡，前往山县寿宁，冯梦龙不知道前方会有什么等着他。

小舟一路打碎岸上民居在水中的倒影。船头的冯梦龙偏着头，耳朵努力从岸上嘈杂的人声中分拣出茶馆书场里传出来的琵琶和弦子伴着吴侬软语的唱词："窈啊窕啊淑女杜啊十啊娘啊啊啊……"真好听啊！《杜十娘怒沉百宝箱》这个俗世里的故事，现在又成为俗世里的一部分。这世道怎么就没变过，还有那些从唐宋传下来的故事，到了我朝还是一样？我写下的数千万言对这个世道能起什么作用呢？能让那些负心汉回心转意吗？能让那些像我的爱人慧卿一样美好的女子回来吗？

几百年后，周作人在《中国新文学的源流》中说："影响中国社会的力量最大的，不是孔子和老子，不是纯粹文学，而是道教和通俗文学。"可惜，冯梦龙听不到，不然他垂暮之年还会去追求功名吗？

科考入仕是当时的主流价值观，博取功名的念头根植在每一个像冯梦龙这样读书人的心灵深处。自从少年时考上秀才，在短暂的春风得意后，冯梦龙便迎来他举业上炼狱般的漫长煎熬，并且最终也不曾有他的小说《老门生三世报恩》中的人物鲜于同那样的晚运和侥幸。收集，创作，编辑，出版，是为了养家糊口，也是为了自己"治世"思想有个载体可以表达和传播，对他那颗饱受科考摧残的心灵也是个抚慰。一次次考场铩羽而归，一次次自尊心深受打击，冯梦龙已垂垂老矣。

夕阳落下，冯梦龙站在河边，看见一只白色的水鸟像箭一样掠过水面，钻入水中，迅即飞起，射向荷花荡。这些精灵，之前在他眼里，与河岸沾水的柳枝一样，不过是多情的风物，此刻竟然变成了时间的捕手，自己仿佛就是那一条即将被吞食的鱼儿。这只黄昏时掠过水面的飞鸟，之后不时地出现在他的眼前，甚至梦中，那轻盈的影子追赶着他，压迫着他，让他心慌。

已过了知命之年，对于做"进士官"，冯梦龙是彻底失望了。人生的局势已非常分明，只有一条路了。明朝制度，"外官推官、知县及学官，由举人、贡生选"（《明史·选举志》）。贡生步入仕途的门径，也不那么简单容易。清初叶梦珠记载："前朝学校最盛，廪、贡最难。凡岁、科两试，不列一等一二名，无望补廪，甚或有三四十年，头童齿豁而始得贡者。"（阅世篇·学校三）文徵明谈到苏州的举贡情况，一府八州县，生员一千五百人，三年所贡，不到二十人。（《三学上陆冢宰书》）成为贡生之后，要做官，还要经过几次"国考"：国子监考，吏部考，朝廷考。均通过，然后授予教职。

崇祯三年（1630 年），冯梦龙成为吴县学籍的贡生，然后千里迢迢赴京城北京参加朝廷考试。京城选官考试总算顺利过关，冯梦龙被任命为丹徒训导。任期是崇祯四年（1631 年）至崇祯六年（1633 年）。训导是个学官。任上他向知县提出改造县学，并编刊了教材《四书指月》，指导士子科考。县学训导任满，业绩突出者，经提督学道和所管知府考核以后，报省里的布政司批准再报吏部铨选才可能得以升迁。丹徒训导，也只是个动嘴皮子的闲职。在仕途上蹭蹬了将近一辈子，就是为了有机会变"拖诸空言"为"见诸行事"。

时运把一个人推到冯梦龙的面前，此人是祁彪佳。崇祯六年（1633 年），故人之子祁彪佳出任苏松巡抚。冯梦龙得以升任福建寿宁知县，与祁彪佳有很大的关系。祁彪佳的父亲祁承爜曾任冯梦龙的家乡长洲知县，赏识冯梦龙，其创作的《双雄记》传奇曾受他的指点。祁彪佳少时倾慕冯梦龙才名，任苏松巡抚后，与冯梦龙交往密切。冯梦龙出任寿宁知县后，祁彪佳在《与冯犹龙》中谈到自己与冯梦龙有共事的缘分，得以观瞻冯梦龙的风采，近距离聆听教诲，是三生有幸之事。从其言语中可见，祁彪佳与冯梦龙是一种相见恨晚的情谊，极力推荐冯梦龙是情理中的事。

从苏州到寿宁，有两条路可走。一条是从苏州经浙江丽水、庆元到寿宁，翻山越岭，路途遥远。另一条是水陆兼程，从苏州进入京杭运河到杭州，转钱塘江，沿富春江、兰江、衢江，至江山登岸，翻越仙霞岭古道，到浦城，再水路经建宁府（建瓯）、政和，而后走山岭进入寿宁。明朝，寿宁县归建宁府管辖，按朝廷规定，县官要到府衙报到，经府署审核后，带上有府署印鉴的公文，方可走马上任。冯梦龙走的是后面这条路。

行走在东南高峻蓊郁的仙霞山脉，冯梦龙觉得自己渺小如蚁，幸而还听得见一行人的脚步声。这些小小的回声，令他想起唐朝末年起义军首领黄巢率十万大军挥戈浙西、转战浙东，取道仙霞岭，劈山开道直趋建州的金戈铁马。唉！这位落第的秀才，杀气太重了，致使生灵涂炭，百姓流离失所，真是罪过啊。他回首北望，仿佛看到了中原农民军的喊杀声卷起的漫天尘土。他又想起张九龄、杨万里、王安石、陆游、朱熹、辛弃疾等前辈诗人在仙霞岭上留下的诗词。他最喜欢辛弃疾那首《江郎山和韵》："三峰一一青如削，卓立千寻不可干。正直相扶无倚傍，撑持天地与人看。"此时，冯梦龙还想不到，十二年后，那个曾与他一起在镇江甘露寺观戏听曲的阮大铖会投清，清军占领衢州时，还跟随清军上仙霞岭，打到福建去。阮大铖就在仙霞关暴毙，不得善终。而这一年，冯梦龙不断地为病入膏肓的明朝开出一服又一服药方——创作小说《王阳明出身靖乱录》，编撰大众历史读本《纲鉴统一》，编辑《甲申纪事》

和《中兴伟略》……真是耗尽心力。这些药方治不了明朝的病，却加速了他生命的消亡。那年春夏之交，他病逝于家中。沈自晋的《和子犹〈辞世〉原韵二律》写道："生刍一束烽烟阻，肠断苍茫山水边。"这一年是清顺治三年（1646 年）。

冯梦龙在路上走了三个月，终于在农历八月十一日，到达寿宁。著名的通俗文学家冯梦龙在汹涌的历史洪流中，似一叶孤舟，从江南腹地飘进闽东北大山深处，转身成为冯寿宁。

次日申刻，冯梦龙看见天空黄云朵朵，自西而东，良久变成五色，最后变为红霞。这样的天象他从未见过，视为祥瑞之兆，高兴地赋诗一首，其《纪云》诗云：

> 出岫看徐升，纷纶散郁蒸。
>
> 莲花金朵朵，龙甲锦层层。
>
> 似浪千重拥，成文五色凝。
>
> 不须占太史，瑞气识年登。

冯梦龙对寿宁，怀着多么大的希望啊！

二 "待志"是一个时间用词

冯梦龙,字犹龙,又字子犹,别号龙子犹、墨憨斋主人、吴下词奴、詹詹外史、茂苑野史、绿天馆主人、无碍居士、可一居士、顾曲散人、香月居主人、东吴畸人七乐生等。名与字是父母或师长所赠,而号则都是由本人自命。从冯梦龙五花八门的别号里,看到一个人的个性呼应着才华,犹如春风催开大地上的花朵那般的气象。

读冯梦龙的《三言》,是看世相和历史;读他的《情史》,是看情生万物的奥义;读他的民歌集《山歌》,是看人原始活泼泼的野性;而读他的《古今笑》,是看冯梦龙调侃世态的本事。冯梦龙把笔下跨越数千年的数千万言归结为一个"情"字,曾戏言:"自己死后,因为不能忘情世人,一定会作佛度世,佛号便叫'多情欢喜如来'。"又说,"我欲立情教,教诲诸众生。"冯梦龙那颗济世的心,藏在跨越数千年的俗世文学里,似一颗被时间风干的种子,一直在等待着一方真正的土壤。垂暮之年,他终于求到了,虽然只是一小方,遥远而贫瘠,但毕竟有着真实的泥土气息。

岁月的风沙掩埋了多少前尘往事。三百多年后,我在冯梦龙的《寿宁待志》里看到了那一方土壤,也看到了一个冯寿宁。

《寿宁待志》记载了寿宁的疆域、山川、物产、民俗、岁时、庙宇等。它又有异于一般的志书，更像一本地域文化散文集。冯梦龙的每一笔都落在寿宁的土地上。他写道："早稻的品种有乌节早、赤芒早及红、白金成。晚稻色黑芒长的叫大乌，黄色无芒的叫光生，还有一种叫黄檗，蕊红的叫赤壳，又有一种大红色的叫政和红。糯米有红糯、白糯、肥糯、珍珠糯四种。豆有青豆、黄豆、黑豆、白豆、赤豆、绿豆、斑豆。"这是一方散发着芬芳的土地。但又时时传来土地的龟裂声、求雨的祷告声、饥肠的辘辘声、竹米的开花声，声声惊人心。这又是一方荒僻贫瘠的土地。

　　在《寿宁待志》里，更看到了大明帝国的骨架被历史的罡风摧枯拉朽、波及寿宁的情状——坍塌的城墙，废弃的铺递，无兵把守的关隘，空空的社仓，虚假的升科，沉重的苛捐杂税，食盐的缺乏，迎来送往的贿赂，等等，字里行间断裂之声可闻，腐朽之处赫然在目。

　　历史学家把明王朝的覆亡归咎于几个原因：一个是清朝的强权扩张，一个是各种弊政而导致的史上大规模内乱，还有一个是遭遇人类气候史上的极端气候，称为"小冰河期"。在帝国的神经末梢——寿宁，拖垮明朝政权的这几个因素清晰可见，最引人侧目的是气候。

　　《哈佛中国史·挣扎的帝国：元与明》里附录了《极端气温和

降雨量的时期（1260—1644 年）》和《元明"九渊"》两张统计表，其中一六二九年至一六四三年，明朝处于极寒天气。一六三二年至一六四三年，明朝最后十年，严寒、干旱、饥荒、蝗灾、地震、大疫、沙尘暴等灾情交织成一张铁网罩住大明江山，被历史学家命名为"崇祯之渊"。崇祯朝的首次大饥荒发生在崇祯五年（1632 年），之后灾情不断恶化，到了崇祯十年（1637 年），干燥的天气导致了大规模的旱灾。之后，明朝遭受了长达七年的史无前例的大旱，甚至出现了人相食的惨状。

寿宁的灾情在《寿宁待志》中清晰可见。其"积贮"篇记载，万历十八年（1590 年），戴镗任寿宁知县，建了五所社仓，凡缴纳谷子的，给以冠带、牌匾，以示荣耀。这样，共积过一千二百多石谷子。但自此之后，荒年旱灾连年不断，民穷财尽，乐意运送粮食缴纳的人很少，各个社仓也全都废弃了。"祥瑞"篇记载，崇祯八年（1635 年），竹子间或有开花结果。这年秋收大减产，人们因而怀疑竹子生竹米是不祥之兆。崇祯九年（1636 年）春夏之交，满山竹子都结了竹米。正遇上前一年歉收，米贵，老百姓缺少粮食，采来竹米，磨成粉煮粥，舂一下做饭。全县大人小孩，争先上山采竹米，老百姓靠竹米度过了荒年。这年夏天大旱，冯梦龙带领官吏求雨。"灾异"篇记，崇祯九年（1636 年）冬天，寿宁天气严寒。溪里的冰将近一尺厚，人可以从冰上走过，几天后才化。花木多冻死。民间认为冬天是下一年丰收的预兆，冯梦龙认为任何事物都不能过分，过分了，即使未必成灾，也不能不说是不正常的现象。

自然气象是生存最基本的物质条件，是潜在的一种变数。仅崇祯九年（1636年），寿宁异常气候带来的灾情，导致百姓生活之困苦可想而知。冯梦龙执政处境之艰难，也可想而知。《寿宁待志》中，冯梦龙以大量的篇幅实录了他的施政实践——修复城墙门楼，修复关隘，恢复铺递，治理虎患，禁溺女婴，捐出自己的俸禄修复学宫，等等。然而，一些充分调研民情、惠及百姓生存之道的施政措施，比如盐法、兵壮、升科、赋税，因切中时弊，触及官场，上司未批而胎死腹中。"民无余欠，库无余财，欲有司之有为于地方，盖亦难矣！今将万历二十年后加裁之数详著于后，使览者知寿宁之艰与寿令之苦，冀当路稍垂怜于万一云！"请看到的当权者可怜可怜寿宁人民和寿宁县令吧！这是冯梦龙的哀叹。

《寿宁待志》其实是一本时间之书，其"小引"里写道："天运如轮，昼夜不停；人事如局，胜负日新。三载一小庚，十载一大庚，经屡庚之故实，质诸了不关心之人，忽忽犹记梦然。往不识无以信今，今不识何以喻后。"时间的流逝像车轮一样，世间的人情事理，天天有新的局面，以前发生的旧事物，还有几个人去关心又说得清。不了解过去就不能知道现在，不知道现在又怎能推知将来？

冯梦龙给这本书命名为"待志"。"待志"是一个类似"明天"的词，一个指向时间的词。这样的词本身就是一条时间河。冯梦龙写《寿宁待志》是解决"时间流逝"的问题。

三　一只不吃鲜鱼的猫

二○二一年十二月四日，与冯梦龙隔着三百多年的时光，去看冯梦龙的寿宁，也看时间里的寿宁。

曾在乾隆《福宁府志》里见过一张寿宁疆域图。纸上满画着山峦，一峦接一峦，似海上起伏的波涛。寿宁县城正是冯梦龙《寿宁待志》"疆域"篇里描述的那样："城圆万山之中，形如釜底，中隔大溪。"这一方群山赋予的独特地理单元，散发着一种隐秘的气息。

寿宁建县于明景泰六年（1455 年），东面与南面都与福安接壤，西南与政和交界，北方则是景宁，东北与泰顺毗邻，西北则是庆元。寿宁县就像一个齿轮，与周边几个县相互咬合着，无数古道，埋伏在莽莽苍苍的山中，进入寿宁的路径曲折而艰难。

从温州到寿宁，旧日要绕道丽水，经庆元进入寿宁；或是翻越温州苍南分水岭，到福建福鼎，再绕回温州泰顺，进入寿宁。二○二○年十二月，文泰高速开通后，从温州上高速，经文成、泰顺，直接进入寿宁，两个小时的车程。这条高速路，穿山架桥，悬于云端，被誉为"浙江的天路"。车在万山之巅穿行，洞宫山脉一览无遗。在我们知道的时间之外，它就是这个样子，而人世已面目全非。

前方的山坳处几幢高楼齐齐长出来，挑着朵朵白云。解开大山绿色的包裹，眼前呈现的是一座小型的现代都市。从这山望那山，咫尺之间，中间隔着一个湖。湖边和山边，高楼大厦林立，这些无法横向扩展，只能向上的建筑，让人想到竹林，想到瘦削而多节的毛竹。

省道进了山谷，开始叫梦龙街。寿宁县政府靠南山而建，临着梦龙街。湖滨是冯梦龙文化公园，青石栏杆上刻录着寿宁历代文人留下的诗文，我第一眼就看到了冯梦龙的《石门隘》：

> 削壁遮半天，扪萝未得门。
>
> 凿开山混沌，别有古乾坤。
>
> 锁岭居当要，临溪势觉尊。
>
> 笋舆肩侧过，犹恐碍云根。

这里除了山与水，以及镌刻的诗文，所有地面上存在的东西都是新的。一问之下，不出所料。这是寿宁人推倒一座山，拓展出的一片新的生存空间，称东区。冯梦龙在《寿宁待志》"风俗"篇中说，寿宁县城小如弹丸，从城东到城南，相距不到半里，步行就可走遍全城，出城不远，就是空山冷涧，再也没什么可去的地方了。现在寿宁人学愚公移山，造了一座新城，这是冯梦龙想象不到的事。

随着梦龙街缓缓上升往西延伸，寿宁老城仿佛从旧时光里慢慢浮上来，出现在视野。那颗躁动的心一时被一种东西按住了，一些被臃肿喧嚣的日常遮蔽而觉察不到的细微——杂乱中的有序，新事物中的旧影，喧闹中的宁静，寒冬里的暖意，此刻都回到心里来了。事物的两极性在一个地方同时呈现，是因为时间的河流从这里奔腾而过时，一些顽固的东西没有被带走。那家卖手机电脑的店门口支了一张旧旧的小木桌子，贩卖自家手工做的土豆饼。一家装饰时尚的商店里卖的是"继光饼"。这种中间凹陷的圆形面饼，据说是戚家军抗倭时的干粮。随处可见卖线粉的小店，被白白的热气迷蒙着，好多人就站在小店前端着碗吃着。这就是冯梦龙写到的线粉吗？"买线粉的人很多，贫穷人家没有米，有的整天三餐都吃线粉，取它的方便。"现在吃线粉的人还是很多，已成寿宁著名的特色餐点。看着米糊均匀地摊开在一张铅皮上，整张下到沸水里烫熟捞起，然后在粉皮上放入香菇、咸菜、肉末等做的馅料，卷起来放入碗中，打上一勺蚝油汤，蘸着吃。我也要了一张线粉尝尝。这些新时光里的旧事物，使得寿宁古城，仿佛存在于时间之外，又在时间之内。

梦龙街接上胜利街。走上一段就不自觉地拐入了工业路，是街上浓郁的烟火气把我袭裹了进去。路的左边商铺一间挨着一间，路右边摆着一长溜的草药摊。"这是牛奶根，活血化瘀。""这是岩几，通经散结。""这是南风藤，治风湿。"……摊主大都是中年女人，都有一张被山风磨砺过而显得粗黑的脸。她们仿佛与植物通灵，对植物的性情无所不知，这让她们身上散发出一种远古巫的气息。身体内的植物性瞬间被她们唤醒：我是一棵栀子树，夏天开出芳香的白花，秋天结出形状像鼓的小巧的果子，然后在冬天的寒气中从黄转红，根有着凉血平肝的功效，果子可以入药，还可以做染料。冯梦龙对应什么植物呢？应是一株风藤，在这片充满瘴气的南方原始深山里，有着祛风除湿、温经散寒、活血化瘀的功效。

空气中弥漫着一股浓浓的鱼腥味，原来前面是一个菜市场。烟火味最浓的就是菜市场了。进门就是一排海鲜摊，带鱼、螃蟹、虾蛄、鱿鱼、小黄鱼、贝壳、海螺等海货，应有尽有。这是冯梦龙想象不到的事。

《寿宁待志》"物产"篇中说，鳞介类有鲋鱼，只有两三寸长，不是江中那种大鲋鱼。溪蟹很小而且没肉，不如政和的厚，当地人没煮就摆上盘子。石鳞鱼类、大虾蟆被称为佳肴珍馔，鲫鱼也没有。不知道这溪蟹生吃是什么滋味？我七十五岁的母亲说，她小时候在水碓屋捣竹料，时常有溪蟹爬上来，我爷爷看见了，抓住就吃，说味道是甜的。我的故乡在温州西部大山里，与寿宁同属洞宫山脉。旧日除了溪鱼，日常也不见鲜鱼，以鱼干、咸鱼为主。我爷爷生吃溪蟹，与寿宁人把生蟹摆上桌是同样道理，因为山里缺鱼鲜。

冯梦龙对寿宁"鱼"的描写，最生动莫过于"风俗"篇中的那段文字。说，溪鱼只有两三寸长，也当作贵重珍稀的食品。鲟鱼从宁德来，运输困难，若不是严寒的天气，运到寿宁，色、味都变了。像燕窝、西施舌、江瑶柱等，虽然出产在福建的海里，寿宁的大户人家有的还从未见过。鲨鱼干、鳗鱼干是人们常用的食品，猫也吃惯了干鱼，偶尔把鲜鱼扔给它吃，也不吃，就摇摇尾巴走开了。

冯梦龙笔下这只不吃鲜鱼的寿宁猫，不禁让人哑然失笑。猫天生的欲望，在寿宁消失了。猫的肠胃，相对于寿宁九曲十八弯的山道，太不起眼了。从江南水泽来的冯梦龙，在寿宁四年，大概也像那只猫一样，已不适应鲜鱼的味道了吧。

冯梦龙似乎跟寿宁的鱼较上劲，在"岁时"篇里又写到了"鱼"。说，寿宁的中秋节比过年还热闹。寿宁县里没什么鱼，只有中秋节时，各村都把池塘的水排干，捉了鱼挑到城里，即使是穷人，典当了衣服也得买一块鱼肉过节，不论天是晴还是雨。过了八月十五，想到市上求一片鱼鳞，也不可能得到了。

在中国，"鱼"与"余"谐音。逢年过节要吃鱼，特别是过年，寓意"年年有余"。但在深僻的寿宁，只能在中秋节吃到鲜鱼。中秋前后，稻谷收成，物资相对比较丰盛。冯梦龙也写到寿宁的除夕，大户人家派人四处追债，穷人逃债，而贫穷人家在外面挣钱糊口，半夜才回家。这其中可看出寿宁人看重中秋节的一些缘由吧。"鱼"，映照了这个"余"字。这不会也是冯梦龙埋下的大包袱吧？

寿宁不吃鲜鱼的猫，和寿宁人只在中秋节吃鲜鱼，形成了一对辩证关系。这只藏在书页里的猫，摇摇尾巴，就发散出三百多年前寿命的荒凉气息，不禁让人周身一凛。这是文学家冯梦龙的本事。

眼前这个物资充足而色彩缤纷的市场，是现在寿宁人的生活底板。现在山城的富足和活力在柴米油盐的细碎里已感知到。走出来，阳光和暖。街边一个老人在煎鼠曲饼，一个穿蓝色校服的少年在一旁帮着顾客装袋。他们是祖孙俩，姓范。他们应是冯梦龙在《寿宁待志》"劝诫"篇里那个"孝子""范世雍"的后人。鼠曲草是春天里的草，冬天怎么会有呢？碧绿的草叶嵌在金黄的面饼中，勾人食欲。用手机扫码支付了三块钱，接过少年手中的饼，大口咬下来，热气裹着香味，滚落胃中。此时，冷风吹面，周身生暖，仿佛春天已在寿宁城外等着了。

还不过瘾，找了一家街边小酒馆。从狭窄的楼梯上了二楼，坐下，让店家上寿宁的特色菜。店家姓柳，夫妻俩已开了二十多年的小店。冯梦龙在《寿宁待志》里记录的"孝子""柳必用"，是他们的先祖吗？友说，自己的愿望就是在这样一座小城里开个小店，一日三餐，缓慢生活。想着，这样的日子未尝不可呀！闲闲地说着，菜也一盘盘陆续摆上桌来："红曲泥鳅汤。""溪鱼烧梅干菜。""腌萝卜烧肉糜。""冬笋烧咸菜。""炒溪螺。""饭在后面啊。"转身一看，是一个圆形的木桶，一掀盖子，热气猛地升上来又散开去。友说："饭甑蒸饭是古风。""有酒吗？"冯梦龙在《寿宁待志》也写到寿宁的酒，说，早晨起来，接触山中瘴气容易得病，因此寿宁人多饮酒。酒有红、白两种，都用粳米酿造。店家拿了一瓶酒上来，一看——"梦龙春"。老板娘说，这"梦龙春"的牌子是我们寿宁县政府花了八百万元从别人手里买回来的。这是冯梦龙想象不到的事。

"红曲泥鳅汤"，我是第一次吃到。一大碗淡红色的糊糊的汤，散发着酒气。汤里的泥鳅周身发红。店家说，活泥鳅要放在红酒糟里呛过，然后与土豆丝一起炖，直至鱼肉酥烂又不散。友给我示范吃泥鳅：用筷子夹起泥鳅，整条放入嘴里，然后用筷子夹住头部，嘴唇包住鱼身，上下牙齿剔下鱼肉，一边剔一边拉，从头至尾，一条完整的骨头从嘴里拉出来。整个过程不过十秒。友吃得顺溜，我吃得狼狈，总把泥鳅折断，尝试多次后，才拉出了一条完整的鱼骨。这种吃法，在于唇、齿、筷子三者的巧妙配合。泥鳅肉入口即化，细嫩鲜滑。而如此吃泥鳅，像一种演技，让人大呼过瘾，欲罢不能。这种吃法，在冯梦龙时应该还没发明吧。

泥鳅一般生在水田的烂泥中，家乡有吃泥鳅治水土不服的习俗，那些离家的人，会炒一些泥鳅干带在身边备用。到了寿宁，吃了"红曲泥鳅"，连着这一桌的饭食，已体验到这一方水土的丰厚了。

"喵……"一只猫不知从何处蹿出。扔了一条溪鱼过去，它嗅了嗅，摇摇尾巴走了。不由一阵恍惚。"梦龙春"，一杯接一杯，似与故人相逢，已微醺。

四　烟火深处一枝老梅

县在翠微处，浮家似锦棚。

三峰南入幕，万树北遮城。

地僻人难到，山多云易生。

老梅标冷趣，我与尔同清。

这是冯梦龙在《寿宁待志》"县治"篇里附录的小诗《戴清

亭》。诗中溢出奇崛孤清之气。这株老梅在寿宁"县治"的"学宫"旁，已经有几百年的树龄了。冯梦龙在梅树下建了一个亭子，匾上题写了"戴清"二字，并题下这首诗。"戴"是指万历十八年（1590年）就任的寿宁知县戴镗，举人出身，为官清正有为，是一位能吏，后升任四川忠州知州，是冯梦龙推崇并效仿的一位前贤。老梅下的"戴清亭"是冯梦龙在寿宁的寄情明志之处。

不知"县治"还在否？老梅和"戴清亭"是否安好？酒气冉冉，脚底浮动，沿街寻去。一路上，似乎有一缕目光牵引。友说，在寿宁丢不了，只有两条大街，一条是胜利街，一条是解放街，两条街呈"丁"字形。蟾溪，由西往东，与胜利街平行从寿宁古城穿过。

蟾溪南岸密密麻麻的民居里暗藏着一条条小巷子，不入里巷不知寿宁山城之独特。步入溪南的巷子，才知所谓巷子，只是房屋与房屋之间的一条缝隙。行走其中，只观一线天。这些小巷以蟾溪为脊，犹如梳子，密密排布开去之后，在民居中弯弯曲曲。巷之小，房之密，是地之局促。正是冯梦龙所描述："居室限于地，故制度狭小，多重屋而少广厦。"山城绝地求生的状态，入小巷中可见一斑。

从幽巷走到溪边，见一座廊桥凌空横跨于蟾溪上。檐下的风雨板红绿相间，写着"鸢飞鱼跃"四个水墨大字。桥的两端和中间，

106

抬升成八角攒尖顶，中间的攒尖顶下则书写着"玉带长环"四个水墨小字，一种仙幻之气围绕桥身。桥名"仙宫桥"，也叫玉带桥，始建年代不详，乾隆十四年（1749年）被大水冲毁后，于乾隆三十二年（1767年）里人集资重建。桥的每条梁柱上标明了捐赠人的姓名和金额，挡板上写着诸如"结善天护佑，家和福自生，广开方正路，留于子孙行"此类劝世文。桥上神龛奉祀仙宫娘娘，有人在拈香祭拜后，把香插在桥头桥尾的香炉中。不时见桥边人家在拈香，祭拜天地后把香插在自家门框上的插香处。

蟾溪上的廊桥，沟通着街市与民居。沿着溪边走，又见一座廊桥，叫升平桥。桥中间有八角攒尖顶，桥上的神龛祭祀观音，也有人祭拜。冯梦龙说，从升平桥到永清桥，溪里有鱼，有的青色，有的红色，溪水清澈，游鱼可数。这段溪中鱼叫作"神鱼"，人们都不敢捕捉，过了这两座桥，捕捉溪鱼就没有禁忌了。低头看蟾溪水，不见鱼，只见廊桥斑驳的倒影，风一起，散作五彩缤纷的碎影，似乎山城的时光都在这条溪里。

看日历，才知今天是农历十一月初一。冯梦龙在《寿宁待志》"香火"篇说，每月初一、十五日，官吏们拜谒官庙。首先是文庙，其次是城隍庙，再次是马仙庙和关庙。而民间信佛教的人，男的尊奉三官，女的尊奉观音，别的他们就不知道了。唯有马仙，不管男女，都虔诚地奉祀她。马仙，俗名马五娘，是福建民间当地神，在寿宁香火很盛，遇上水旱灾，人们无不向马仙祷告。

寿宁人敬天地神灵的古风，与冯梦龙在寿宁的施政有很大的关系。冯梦龙认为奉祀神灵和治理百姓，都是官吏职责，没有不奉祀神灵而能治理好百姓的官员。在寿宁任上，冯梦龙带头捐俸禄修建了关庙、天地坛、山川坛等祭祀场所。作为一方官员的冯梦龙深知信仰对民众教化、安定秩序起的作用。除此之外，作为文学家的冯梦龙，也深知那一缕袅袅的青烟、一朵跳动的烛火，衍化出的力量还远不止于此。

看见"上马巷"，应是离"县治"不远了。问一位正在点香的老妇人，戴清亭在哪里。她说，就在对面，过了前面那座桥，再过街，往北凤巷走。多问了一句老人姓氏，她说，姓缪。这寿宁城中的缪氏还真是与冯梦龙有直接关系。冯梦龙曾审理了一桩缪氏祖坟林木纷争案，缪氏胜诉，并将冯梦龙手书的判决文告抄录在本族清嘉庆年间的《缪氏大宗谱》上。民间把人丁兴旺也称作"香火"旺盛。今日寿宁城中深浓的香火，续上了冯梦龙时的人文传统。这些迎面而来，又擦肩而过的人，还是冯寿宁治下的子民的后裔。

北凤巷在胜利街中段，解放街正好与胜利街交会。旧县治在此，解放街就是寿宁古城的南北中轴线。山势所致，北凤巷缓缓上升，沿途都是摩肩擦背的现代水泥建筑——寿宁县融媒体中心、寿宁县机关幼儿园、寿宁县监察委员会、寿宁县老年大学……杂错的楼宇中，立着一座小巧的红柱绿瓦的六角亭子。"戴清"二字映入眼帘的一瞬间，内心一震，冯梦龙赫然立于眼前。这"戴清"虽不是冯梦龙写的"戴清"，却能让时光倒流。那株不见了的老梅，寒枝上正着满了花蕾。

戴清亭中立了一块石碑，刻着"冯梦龙宦寿旧址"。寿宁县政府于一九八五年为纪念冯梦龙"在职期间，关心民瘼，颇有建树，所著《寿宁待志》，记事述怀，文情并茂。为纪念前贤，特立此碑"。

站在亭中，四围不见青山，只见高楼大厦。呼吸间有梅花的清香，仿佛来自时间深处的问候，想起冯梦龙初到寿宁时的境况。

县署大堂年深日久，已经倾斜。仪仗库在大堂东厢赞政厅后面。然而，其实没有仪仗，只有龙亭、香案，而且由于年深日久，都坏了，用绳子绑着。黄册库在正堂西边，年深日久已经崩坏荒废。往年的旧黄册已经糜烂无存。县学在县署的左边。学宫倾坍已久。名宦祠在学宫仪门的左边，只是一间破屋，连窗棂都没有了。寿宁城墙当年被倭寇毁坏，知县戴镗曾报告上级，请求增筑，终究没有实行，从此之后，一天天崩塌，四个城门全没有了，可以随便进出。全县没有一面夜间报更的鼓，一夜五更糊里糊涂。

冯梦龙站在镇武山上，默默地注视着山下。这"浮家似锦棚"，不就是自己要"以佛度世"的世吗？不就是自己欲立情教、要教诲的众生吗？慧卿的离开，可以说度了冯梦龙，让他把情给了芸芸众生。冯梦龙在《情史·龙子犹序》中云："天地若无情，不生一切物。一切物无情，不能环相生。生生而不灭，由情不灭故。四大皆幻设，惟情不虚假……万物如散钱，一情为线索。散钱就索穿，天涯成眷属。"冯梦龙要用情修复寿宁这副涣散的骨架，以情联结寿宁的子民。

冯梦龙定下执政理念："岭峻溪深，民贫俗俭。险其走集，可使无寇；宽其赋役，可使无饥；省其讼牒，可使无讼。"可是执行起来有多难，受地方势力的掣肘，又困于自己的资格。他只能凭着勤谨来弥补缺陷，以仁慈来辅助严明，以廉洁来弥补地方的贫困匮乏，"做一分亦是一分功业，宽一分亦是一分恩惠"。

冯梦龙还用白话文写了《禁溺女告示》："为父者你自想，若不收女，你妻从何来？为母者你自想，若不收女，你身从何而活？……如今好善的百姓，畜生还怕杀害，况且活活一条性命，置之死地，你心何安？今后各乡各堡，但有生女不肯留养，欲行淹杀或抛弃者，许两邻举首，本县拿男子，重责三十，枷号一月，首人赏银五线……"告知寿宁人养女儿的好处和弃养女婴的荒谬，并将此列入"每月朔月，乡头结状"中所应报告而不可缺少的内容，赏罚分明。明朝，弃溺女婴之风甚重，但明文规定严厉打击弃溺女婴的行为，冯梦龙应是先例吧。冯梦龙懂得"女婴"，笔下聚集的万千女子，活泼泼地都在他心里涵养着，她们是恋人，是爱人，是女儿，是妻子，是母亲，是亲人。

冯梦龙在学宫旁的一棵老梅树下建了戴清亭，这里是前任知县残存的"看花处"。他希望自己清正廉洁，有高洁的品格，经受住各方的压力，像许多光明磊落的君子一样。

戴清亭的左边是学宫。冯梦龙"立月课"，发给诸生《四书指月》，每月一次，亲自讲授。因学宫依山而建，山并没有铲平，每次大雨后，水从墙隙中喷出，向西绕过内堂，向南一直流入大溪，水声淙淙。置身这样的环境中，冯梦龙觉得自己好像身在高山大川，而"忘其身之为俗吏也"。

身为俗吏，又不流俗。冯梦龙寿宁任上三年，"百端苦心，政平讼理，又超于五十七邑之殿最"，但受资格所拘，没有像戴镗一样得到升迁。"若夫升沉明晦则天也。"官职升降就像天气阴晴一样，那是天意啊！这其中包含着多少无奈、悲凉、愤慨和不可诉说呀！那就写吧，写一部《寿宁待志》，把一切可说和不可说的都写进书中，写下一个真实的寿宁留给后人。此时，冯梦龙看到了那个天，即人道头上的天道。

冯梦龙的笔在白色的宣纸上写下"寿宁待志"这四个字的瞬间，那只黄昏掠过水面的白色水鸟，像打开的书页，倏地飞入他的袖中。崇祯十年（1637年），冯梦龙荣休回乡。此时，改朝换代的浪涛汹涌，大明的帝国之舟即将没入历史的海底。

走出戴清亭，沿着川流不息的胜利街慢慢地走着。看见"北路戏保护传承中心"的院子里一群男生正在一位老者的带领下排戏。问排的是什么戏，说是《寿宁知县冯梦龙》。

人生何尝不是一出戏呢？而时间才是总导演。寿宁任上三年，是冯梦龙人生一出压轴大戏。至此，冯梦龙完成了中国传统士人三不朽——"立德、立功、立言"——的人生境界。

冯梦龙在寿宁任上，还写了一部传奇《万事足》。现在的寿宁人把冯梦龙在寿宁执政为民的事迹搬上了舞台，创作了《冯梦龙除虎记》《戴清亭》等冯梦龙系列戏剧作品十多部。时间流逝，写戏的人，成了戏中人。

我来了，他走了。我来了，其实他还没走。冯梦龙，一位被时间捕猎的人，成了一位高明的时间捕手。

二〇二二年二月八日

长江东流去

金沙江从雪山下来，经青藏高原、云贵高原，一路奔腾，与岷江交汇于宜宾，始称长江。宜宾而下约二十公里，李庄因长江而生，长江至李庄东去。

一

古人入蜀难。辛丑暮春，我从东海之滨像一滴雨落进了川南。汽车穿过午夜的雨幕，我能感觉到那无边界的黑暗里翻滚着洁白的浪花。那晚，我梦见一群鱼逆流而上。

"唰"地拉开窗帘。晨光中，一条江流从我枕边浩荡流过。原来我枕着长江入眠。江岸边停泊着一艘白色漆身的客轮，乘客正鱼贯而出，沿着堤坝陡峭的斜坡拾级而上。我跑向码头。一张张黑红的脸从高高的台阶上冒上来。有扛着稻谷蔬菜的，有挑着箩筐的，更多的是背着竹篓，手上提着铜盘秤，走近了一看，背篓里站着的竟然是几只大红冠子公鸡。

我拜读过岱峻先生的《发现李庄》，"发现"在最艰难的时间里，长江边的李庄把中华民族文化明明灭灭的星光揽入怀抱——同济大学以及傅斯年、李济、董作宾、童第周、梁思永、梁思成、林徽因等一批国内一流的学者来到李庄。抗战期间，他们在李庄六年。西南边陲小镇，众星拱月，星光灿烂。

《发现李庄》的封面是民国时期的李庄码头图景——江面舟楫点点，江边停泊着四五只手划船，每条船上都站着人。沙滩上散落着的二十多人，有穿长衫的，有穿短褂的，有穿洋装的，其中有一位穿长衫者抱着一个孩子，他们在江边散步。

这些内迁李庄的文化人的黑白背影，与一群正从江上来赶早市的乡民，一起朝我走来，然后经过我的身旁，沿着弯弯曲曲的石板路，散入晨雾依稀的李庄古镇。

长江上吹来的风里仍然有着八十年前那场历史洪流的余绪。心里响起一个声音："何以是李庄？"因为只要一个忽闪，历史的追光就会划过去。

一朵云从江上飘过来。云的家园是山，是江河湖泊。云的家园也是人的家园。李庄在秦以前属僰侯国，秦以后划归僰道县。梁置戎州（今宜宾市），兼置六合郡，辖僰道、南广两县。北周时期，南广县迁至李庄镇所在地。后因避讳隋炀帝，南广县改为南溪县，县治仍在李庄。晚唐战乱不已，李庄地处平坝，多受侵扰，于是南溪县治迁到长江北岸的奋戎城，就是今天的南溪区。

江水平缓之处，也是商旅云集之地。民国《南溪县志》记载："李庄古为邑西巨镇，水陆交通商贾辐辏。"李庄是长江上游重要的水陆驿站。从李庄上宜宾下南溪两头都是二十公里。从宜宾经李庄去泸州、重庆，可直抵南京、上海。

隔江相望的青山，是被贬戎州的黄庭坚写下"大桂轮山"的桂轮山。脚下的石板路，《说文解字注》的作者段玉裁也走过，当时他任南溪知县。青山依旧在，江水不竭。逝者如斯，来者如斯。江边的垂钓者，与"白发渔樵"似乎有着相同的定力。

江边广场上，四五个锻炼的老人播放的音乐冲淡了晨雾。这里是古镇中心，对面是禹王宫（今天叫慧光寺），往左边可以看到镇尾魁星阁的飞檐翘角，往右边可以看到张家祠、东岳庙的台门。这些宫庙面向长江，那是他们先祖来的方向。李庄的"九宫十八庙"是"湖广填四川"的移民遗留下来的人文见证。这些"异乡人"，经过漫长而艰辛的创业，终于洗尽了衣襟上的尘土，获得了财富，成了这片土地的主人。然后，他们花了大量的心血和资金修建会馆，联谊乡人，祭祀故地的神祇，以物质的形式集体寄寓浓重的乡愁，表达成功的喜悦。从此他乡成家乡。

李庄古镇，木头和石头构筑的房子，蜂巢似的密密衍生着，这种李庄独特的地理与丰富的人文相互激荡留下的痕迹，这种江流孕育出来的朴素的繁华，在时间的天空下闪烁着守护生命的光芒。

二

斑驳的石板路是时间的切入口。

正街紧邻着禹王宫，是李庄古镇的中心大街，也是一条商业大街。这条依山势而缓缓爬高的老街，经历了无数脚板的打磨，有着手织的灰蓝色苎麻粗布的温润。两旁商店挤挤挨挨地排列开去，可遥想长江第一古镇商埠的繁荣景象。

街头是一家叫"留芬"的饭店。据说，"留芬"是内迁文化人打牙祭的地方。同济大学的外籍教授魏特，因语言障碍，常以手拍臀示意要吃蒜泥白肉。白肉是李庄的特色，切得薄如纸片，偌大一张，夹起来，轻轻一甩，肉片便如绑腿般服帖地裹缠着筷子，蘸一蘸加了蒜泥的酱汁，入口即化。不知道可爱的魏特教授学会这种近乎潇洒的吃白肉的方法没有。抗战结束那年，这位来自波兰的犹太人永远留在了李庄的土地上。同济大学在禹王宫开追悼会，当年李庄饭店的厨师还烧了几样魏特教授生前爱吃的菜摆在他的灵前。这位"头发梳得光光的，个子高，鼻子长的老外"再也不用漂泊逃难了。

正街上除了白肉，还有燃面、白糕、黄粑、辣萝卜干……都是李庄老旧的食物。从这些食物中，能感觉到从前那些人的气息，他们的眼神、呼吸，在某些瞬间晃动，是那么生动，似乎就站在我的身旁，吃着糯糯的白糕。

一时恍惚，耳际传来一阵阵"踢踏踢踏"有节奏的声音，越来越近，汇入正街，又流向江边。这是早起的同济学生穿着木板鞋，从他们的宿舍——姚家大院、刘家大院、杨家大院、王家花园、范家大院、邓家大院、张家大院——里走出来，到江边埠头排队提水洗漱。

文化机构内迁李庄，镇上的井水都不够用，同济学生就到江边汲水。脚上的木板鞋是同济学生自创的，锯下一块木板，钉一截牛皮，就成了。晚上，学生们又会穿上木板鞋去江边的草坝子上散步。石板路上"踢踏踢踏……"的脚步声，成了李庄人晨起和晚间入睡时欢快而温馨的闹铃。后来同济学生的木板鞋在全镇流行开来，成了李庄的时尚。

洗漱完毕，师生们捧着书本，沿着水迹斑驳的石板路，走进各自的学校：校本部——禹王宫，医学院——祖师殿，工学院——东岳庙，理学院——南华宫，图书馆——紫云宫，大地测量组——文昌宫。李庄人把"九宫十八庙"的神和祖先请了出来，把学者、学子请了进来。祭坛成了讲台，老师就站在神和老祖宗的位置上布道。那一双双眼睛里没有了炮火和硝烟的阴影，如投在东岳庙前黄桷树上的那一缕初阳。

从正街可以拐入席子巷。这条小巷子，狭窄得像潜伏在一件老式衣服里的一条针脚密密的暗线。沿街的每户人家都有一扇腰门。腰门是一扇门外之门，只有齐腰高，大门打开，腰门不开，只允许半截光线进屋，坐在门内的女人，外面的眼睛是看不见的。暗褐色的腰门，是旧日李庄的眼，或者说是心，半开半合着，防着呢。

席子巷十三号，是一间古旧书店。书店的主人是今年七十二岁的左照环，说起李庄如数家珍。左照环的父亲左鹤鸣曾在李庄的同济大学进修过，父亲的同济情结传给了儿子。书店的门楣上悬挂着"李庄古镇书屋"的匾额，落款是"罗哲文"。罗哲文是梁思成在李庄收的弟子。二〇一〇年，罗哲文重访李庄，书店的主人左照环陪同讲解。二〇〇九年，梁思成和林徽因的女儿梁再冰回到李庄，也是他做导游。这位老人家还曾写信给著名演员祝希娟，邀请她回李庄探亲。祝希娟是同济附设的高级工业学校校长祝元青教授的女儿，三岁时随家人一起从昆明来到李庄，在李庄意德小学上学。抗战胜利后，祝希娟随同济大学迁回上海，十八岁的哥哥祝希雄因病医治无效安息在了李庄。二〇〇五年，祝希娟回到李庄。回忆的闸门一旦打开，也是一条长江。"青山依旧在，几度夕阳红。"伫立长江边，古人已把该说的话都说完了。

李庄的大街小巷有多少人走过呢？傅斯年、梁思永、梁思成、林徽因、费正清、李约瑟、罗哲文、祝希娟……他们来了，他们走了，他们留下了。

三

席子巷是通往祖师殿的通道。

走在前面的两个身影，我总想赶上去看清他们的脸，但始终赶不上。他们走得很急，我能清晰地听见他们的喘气声。只见他们快速地出了席子巷，走上老场街，经过祖师殿，现在他们还不知道日后这里会成为同济的医学院。他们也顾不上跟迎面而来的乡人打招呼，径直往羊街走去，敲响了胡家大院的门。我不认识他们，但知道他们的名字——罗伯希和王云伯，他们把文化机构要内迁四川的消息带进了李庄。

一九四〇年，千万里辗转内迁到昆明的文化机构在日寇的炮轰下，不得不收拾起书本，酝酿再一次逃难。同济大学、中研院史语所、社会所和中央博物院筹备处要往四川搬迁的消息像风一样在长江边的市镇上流转。这个消息穿过街头巷尾，进入酒肆茶馆，在人们耳道里进进出出，在唇齿间磕磕碰碰，磨得已有些发白。这样的消息就像流离失所的孩子，寻找庇护之处。依傅斯年先生的话说是

"希望能搬到一个地图上找不到的地方"，这是多么奢侈又艰难的事。沿江的大码头已塞满逃难的人，还能容身的几个地方都认为"多一事不如少一事"。

这个消息沿着长江逆流而上，到达这条江流的源点宜宾，拐进了在茶馆里喝茶的李庄人罗伯希、王云伯等人的耳朵里。罗曾是一个军阀的副官，还在成都当过二十六集团军办事处参谋。王是一个开明人士。消息从二人的耳朵里进去，在脑子里快速地走了一圈后，他们随即推开茶盏，赶回李庄，敲响了族叔罗南陔的宅门。

罗南陔何许人也？清乾隆以来，罗家在李庄是一个有威望的大族。罗南陔熟读经史，擅长金石书法，在李庄建有植兰书屋，时常约集诗友彼此唱和，有"小孟尝"之雅号。罗南陔受五四新文化的影响，主张实业救国。一九一八年，他带头集资，创办了"期来农场"，引进意大利蜂、澳大利亚来航鸡、北京鸭等品种，学习和推广科学养殖，还把儿子罗莼芬送进成都桑蚕学校学习。罗南陔时任国民党李庄区党部书记，人称罗老表。两个别称，已见此人在李庄的威望。

罗伯希带回来的消息让罗南陔的全身像电热丝通了电似的热起来。他马上召集区长张官周和镇长江绪恢，会同当地名流杨君慧、李清泉、范伯楷、杨明武、邓云陔等齐聚羊街宅邸进行商议。

本地人拒绝外地人是一种天然的自我保护意识。可以想象，罗伯希和王云伯带回来的消息如果实施，将打破李庄千百年来形成的秩序，赞成的也有顾虑，不赞成的顾虑更多。局面一时僵在那里。此时，罗南陔说了一句话："给李庄的青少年创造一个好的学习环境，这是个千载难逢的机会。"

全场静默。罗南陔的这句话，如同点穴，激发了原始的万钧之力。我想起镇尾的那座魁星阁，积蓄了几百年的文气，在这一刻电光火石般地射出，与历史的那束追光紧紧咬合在一起，定格在李庄。

可以肯定，在场人的先祖大都以耕读起家，门楣上的"耕读传家"四个字和精雕细刻着"琴棋书画""渔樵耕读"图案的窗棂，抬头抬眼之间，已与血脉相融相续。他们理解培养文化精英的不易；在民族生死存亡的关头，他们也深知文化学者对于一个国家的意义。如在和平年代，一个川南偏远小镇哪有机会见到这些中国文化的顶尖人物。这些读过书、见过世面的李庄开明人士，深知此事"功在当代，利在千秋"。

于是开始分头行事。各族长召集自己族人到祠堂议事，做思想工作。李庄是个水陆大码头，帮会盛行，势力最大的是"哥老会"，范伯楷就是个袍哥舵把子。"那天他穿上不轻易穿的白绸衫，把白绸衫下面的两颗扣子解开，大包天往后一抹，八字脚在李庄的四方街上一蹬，身后的两个副印立即传话：'午门接旨。'那是去茶馆开会的暗号。于是山山岭岭各乡各保邀邀约约，齐聚长江茶馆，共商'支持抗战'，欢迎'下江人'（当地人对内迁文化人的称呼）落籍李庄这一史上头等大事。"

码头。茶馆。四方街。这些平日里李庄最喧哗的地方，其实也是一个个江湖。而范伯楷等就是这些江湖里的一个个桩子，像长江上的"里桩"，系住来来往往的船只。

罗南陔等人草拟了一封十六字电文："同大迁川，李庄欢迎，一切需要，地方供给。"李庄向逃难中的中国文化精英主动发出诚恳的邀请。为了表示诚意，又写了几份函件，从历史、地理、交通、物产、民俗、风情等方面逐一介绍，分致同济大学和国民政府行政院、教育部。

小小的李庄一下子迁入一万多人。那句"一切需要，地方供给"，包含着的大事小事，都需要李庄这几个人用肩膀去扛起来，但最大最难的事莫过于人心。"下江人""吃人"的事件就是新文化和科学撞上了李庄那扇传统的"腰门"，属于新旧意识观念上激烈碰撞而产生的结果。

"大风始于青蘋之末。"或是某个乡人偶然见了同济医学院的解剖课，或是见了史语所和体质人类学所藏有的殷墟出土的头盖骨，或是见了中国营造社画的古墓图……这些令人匪夷所思的事情，在乡人口里出来后，四下里流窜，最后演变成"下江人"会

"吃人"的恐怖谣言。宜宾专署召开紧急会议，决定专门派军队镇压散布谣言的聚众乡人，维持治安。会上，罗南陔好像预料到会发生这样的事情似的，他沉着地说："人骨头引起的事件，就应该利用这些人骨头去解决。他们认为很神秘，我们就把它公开展览，请他们来看个究竟。"此话一出，傅斯年大声附议说"好主意"，全场人击掌叫好。罗南陔几句话避免了一场武力对蒙昧乡人的伤害。一场史无前例的科普展览也让远近乡人经历了一次新文化和科学知识的洗礼，大开了眼界。

四川省档案馆编撰的《抗战时期的四川——档案史料汇编》收录了一份一九四一年三月二十九日由罗南陔牵头书写的"南溪县李庄士绅为将孝妇祠依法由同济大学租定祈令南溪征收局转饬分柜迁让呈"，这是一份解决同大师生食宿而出面向政府当局提出的请求函："各公私处所均已不顾一切困难，先后将房舍让出，交付同大……维护教育，繁荣地方，其责端在绅等，万难坐视……当此非常时期，官民同有协助政府，完成抗战之义务。绅等之所以积极协助同大者，良以该校学子，对于抗战贡献甚大。盖安定同大，间接即增强国家力量。"信函上署名："南溪李庄镇士绅：张访琴、罗南陔、李清泉、罗伯希、杨君慧……"字里行间充满了民族大义，言辞之诚恳，令人动容。

这份申请函里，罗南陔等称他们自己为"绅"，或"士绅"。

《说文解字》说:"绅,大带也。"古代人穿长衣服,腰上会有一条带子。《白虎通》说:"衣裳所以必有绅带者,示敬谨自约整也。"意思是衣服上有腰带的人,对自己要有道德行为上的要求。这条系在腰上以示衣服规整的带子,几千年来已从有形到无形,化为规范德行的一条准绳。这条绳也是一条纽带,沟通着民众,平衡着各方面的关系,也协调相互间的情感。

李庄的"绅等",除了是纽带,还是那时李庄定盘的星。

四

"士"可以同时为"绅"。一些士,在当地为政,成为有名望者,影响了一个地方的发展,如罗南陔、张官周等。而"士",大部分是从"绅"这个阶层培养出来。这些内迁文化人的家底,也大抵如此。这里就说考古学家夏鼐,因夏先生是抗战时期在李庄的温州学人,是我的乡人。

夏氏家族在晚唐僖宗时避乱由浙江绍兴迁至温州泰顺百丈口,此地是飞云江上游的第一个水路口岸。后有一支迁至飞云江的下游瑞安。夏鼐的曾祖父在瑞邑以儒学为业,壮年去世。夏鼐祖父失去依靠后,决定弃儒从商,只身从瑞安来到温州鹿城,在一家丝线店当学徒,后自立商号"夏日盛"。当时瓯邑富商有"二盛三顺"之称，即夏日盛、林益盛、潘聚顺、叶进顺、林万顺。夏鼐的祖父生有六子二女，其父文甫为四子。夏鼐的大伯父范九，以泰顺籍进学补秀才；二伯父铭如，继承丝线业，曾以夏金标之名，以世袭云骑尉权温州游击；三伯父星垣，初营铁丝行，后经营雨伞行；五叔志范，浙江法政别科毕业，曾做律师；六叔烈如，就读浙江法政大学，未毕业去世。夏鼐祖父，这位只身来温开创家业的夏家开山祖，在夏鼐八岁时去世，享寿八十三岁。夏鼐犹记祖父皓首长须，他与族兄弟绕其膝索糖果的情景。祖父去世，家人都说是去杨府山土地庙做土地神了，于是夏鼐和其他堂兄弟去看，见到杨府山的土地神与祖父神貌相似，因此深信不疑。

夏鼐的父亲善治家业，经营规模不断扩大，自行开设了一家瓯绸店。乡下田地最多时达四百余亩，城内尚有其他店宅数处出租。后来，买下位于温州仓桥街一〇二号的大宅院时，夏鼐十二岁。现在"夏里"——夏鼐故居已修建为"夏鼐纪念馆"。

夏文甫性情和蔼，重视族中小辈的教育，在家中设立私塾，延请先生授课，后来看到学校教育的成效，就送子女入新学。夏鼐的哥哥夏鼎曾就读于浙江省立第十中学，就是现在的温州中学，但未毕业，就赴上海读神州中医学校，也未毕业。对于长子学业未成，夏文甫常耿耿于怀，惋惜不已，于是把希望寄托在夏鼐身上，任其在外游学，甚至远赴英伦。

一九二七年，十七岁的夏鼐考取了上海光华大学附属高中部，开始了在外求学生涯。一九三〇年，夏鼐高中毕业后进入燕京大学，后转入清华大学。一九三四年，毕业于清华大学历史系，同年十月，考取清华大学留美公费留学生，后改到英国留学。一九三五年，夏鼐去英国留学。一九三九年秋，第二次世界大战在欧洲爆发，夏鼐由英国经埃及，取道印度、缅甸，于一九四一年初抵达昆明，又辗转到了四川李庄，受聘于内迁李庄的中央博物院筹备处，参加了调查并发掘四川省彭山县豆芽房和寨子山的崖墓。一九四三年，夏鼐转入中央研究院史语所，参加了西北科学考察团，直到抗战胜利。

夏鼐能在外安心求学并工作，背后是父母家人的支持。他在一篇回忆家世的文章中写道："先君怜我既从事于学，远出工作于外，不能制生业，以古稀之年，仍为我主持家务。我之所以能安心于僻愚不慕荣利者，以先父既不以养己者责我，而又宽我儿女猥众之忧故也。"

一九四二年一月二十八日，夏鼐从李庄启程，在国难的硝烟炮火中，艰难辗转了一个月，才回到家乡探亲。此时，游子已五年未归了。

国难当头，无寸土安宁。自从一九三八年农历正月二十七日，日本人的炸弹轰炸温州南塘机场开始，这个东南沿海小城就再也没平静过。一九四〇年十一月，三角门八角井被炸得最惨，二十余间矮屋成废墟，二十余人血肉横飞，停放在清明桥一带的三百多具棺材被炸得尸骨横飞。当时温州人编了顺口溜描述其惨状："屋背飞满棺材板，红绿寿衣挂满山，捆绑全尸倒河滩，雪白骨头堆满街。"一九四一年至一九四四年之间，温州三次沦陷。夏鼐回家之时正是温州第二次沦陷期间，他数次携一家老小避难乡下，亲历日寇烧杀掳掠，并遇抢掠的日本兵与他持刀相向，命悬一线。

一九四三年四月二十八日，夏鼐再次辞别亲人，前往四川李庄。此次离家，不知何时再归来，国与家之间该如何取舍。《夏鼐日记》记录了当时家中的情状：

四月十四日，星期三：据云史语所将迁移至兰州工作。又谓赴桂专车可以搭乘。余返家后，将此事告父亲，父亲谓进止由余自己决定。母亲本来极不希望我出门，经解释后，亦承允诺。惟妻极端不赞成，下午且愤而出走，傍晚始返家。

四月十七日，星期六：返家后，见妻卧病在床，云午间发冷，体倦脊痛，呻吟不已，晚间更昏厥，殊为着急，恐是受了我出门赴川消息的打击，心想假若她病加重，将为之奈何！

四月十九日，星期一：昨天起秀君改变态度，允许我出门，但希望我能二年内返家。今日强颜欢笑，助我整理行装。

四月二十八日，星期三：晚间九时许离家。父亲嘱余不必顾虑家事，安心工作。母亲则烧香祈祷，祝余平安。妻黯然无语。

六月五日，星期六：船由泸州动身，午后四时许抵李庄，将行李送上岸……

滚滚长江奔入东海，东海之滨的夏鼐离别年迈的父母和弱妻稚子，溯江而上，到达长江的上游。夏鼐到了李庄，转入中央研究院史语所，奔赴大西北考古。

夏鼐不知道，此一别，父子从此阴阳两隔。一九四四年八月，温州第三次沦陷期间，夏鼐六十九岁高龄的父亲携全家二十余口，辗转乡下多处避难，操劳过度，突患中风，不幸逝去。父亲去世后，出身当地乡绅之家的母亲，仍为夏鼐操持家务。直到一九四六年，夏鼐归来，才与兄长分家。此时夏鼐母亲已七十三岁高龄。关山万里，炮火阻断，家书难托。一年后返家的夏鼐，才知父亲早已不在人世。

从一九四三年到一九四五年，大漠风沙中的寂寞考古，给了考古学家夏鼐最丰厚的回赠——"仰韶文化的彩陶片"，像一缕曙光，从中国西北大漠中升起，标志着中国史前考古的新起点，也意味着由外国学者主宰中国考古学的时代从此结束了。

夏鼐家人的深明大义是托起夏鼐的那座高山，而李庄以及在李庄的傅斯年等同仁给予夏鼐的是长江般的精神力量，还有夏鼐自己对中华民族文化大海一般的深情。

中央博物院筹备处设在李庄古镇上的张家祠。我跨进去，就看到夏先生英气勃发的身影了。中央研究院历史语言研究所则设在离古镇几里外的板栗坳栗峰书院，此次没能去，就留些遗憾吧。有夏鼐先生在此，我对李庄自然多了一份情义。

五

内迁的"士"对李庄的"绅"是感念的。

一九四六年五月，中央研究院历史语言研究所即将离开李庄前，傅斯年携五十多名专家学者，在李庄板栗坳栗峰书院立下"留别李庄栗峰碑铭"，碑文写着："李庄栗峰张氏者，南溪望族。其八世祖焕玉先生，以前清乾隆间自乡之宋嘴移居于此，起家耕读，致赀称巨富。哲嗣能继，堂构辉光。本所因国难播越，由首都而长沙而桂林而昆明，辗转入川，适兹乐土，尔来五年矣。海宇沉沦，生命荼毒，同人等有幸而有托，不费研求……安居求志，五年至今。皇皇中兴，泱泱雄武。郁郁名京，峨峨学府。我东曰归，我情依迟。英辞未拟，惜此离思。"此情此义正如甲骨文专家董作宾先生题签在碑额上的四个字——"山高水长"。

一九四六年十月，随着载有最后一批抗战文化人的轮船鸣笛起锚，李庄一下子空寂了。

岁月荏苒，如今"士"还在，"绅"已是一个文物级别的词了。在李庄，我对"绅"做了一次考古。沿着羊街——文昌宫、刘氏大院、胡姓大院、王家院子——安静的老宅院充满了历史的回声。这条古朴的小巷一直延伸到江边。沿途看见青砖墙上贴着一块水文记录牌，写着："1966 年 9 月 1 日，长江洪水 275 米（吴淞）。"相距不到五十步，又见一块水文记录牌："2020 年 8 月 19 日，洪痕。"

长江至李庄东去。"滚滚长江东逝水，浪花淘尽多少英雄。"而几千年来，李庄经受住了一次又一次长江洪流的洗礼。"何以是李庄?"这也是一种答案吧。

二○二一年八月六日

隐蔽的李唐血脉

大罗山，唐宋时期叫泉山。明弘治《温州府志》这样描述它：

> 大罗山：去郡城东南四十里，跨德政，膺符，华盖三乡及瑞安县崇泰乡，广袤数十里，诸山迤逦，皆其支别也。

大罗山的东北面枕海，不与他山接壤，条条强壮的山棱，如苍龙饮水，奔突而下，扎入大海——现在的陆地。山顶有湖泊，汪涵一碧，波光流转，恍若山的眼。而天上的云朵被风推着从山顶走，一路走一路变着戏法，有些落下来，山间的岩石就是这样的"云"，千奇百怪，形象生动。

此山是一道天然的屏障，阻断海上来的风暴，也藏匿一座海中孤岛古老的记忆。

一

初夏，山里女贞子盛开，青峦白头，峡谷积雪，风起时，晴雪纷纷，暗香浮动。满山杨梅也已白中浮红，只等第一场梅雨落下，红岚升起，开启一座山的盛宴。山野人家住在山的肚腹上，或是山的臂弯里，有些占据山头。他们从哪里来？如今大都人去楼空，残垣入泥。他们又到哪里去了？

多次在这座山里行走，却从来没有像今天这样感觉苍茫。这或许与在我前面走的这位七十二岁的老人李成木有关。李成木是李唐宗室李集的后裔，人已迁居山下，心却留在山上，一心想着要恢复入山开基的李氏先祖李集的故宅，只是奔走十余年，愿望还画在纸上。

古岭沧桑，苔深草漫。白发老人的脚板踩在古道上发出的"嗒嗒"声，也是李氏先祖在唐末隐入此山那一串脚步吗？山风拂来，如水从身边流过。千年岁月也不过是一阵风吹，一段流水——刹那间，似乎感应到李氏一族从北方到南方的那一次迁徙。

公元 900 年的一个秋日，晨光初露，处州缙云好溪一处埠头，几叶木舟悄然解缆。好溪是瓯江上游的一条支流，从它另一个称谓——"恶溪"，就知道这条溪流的凶险。好溪向南兼并了管溪，又纳入了练溪，一路上吸纳大大小小的诸山之水，凿山穿谷，最后奔入瓯江。当那几叶舟子随奔突的溪水鱼贯涌入瓯江，而后开始平稳而行时，船上的人终于松了一口气。看不尽的江天一色，鱼鸥飞翔，又经历几回日落月升，终于看到了江中那一座孤屿。此时船内的人都跑到船头去看这座著名的岛屿。"乱流趋孤屿，孤屿媚中川。云日相辉映，空水共澄鲜。"其中一些人还情不自禁地吟出南朝永嘉郡守谢灵运的《登江中孤屿》。但他们并没有登岛，而是直接把船靠到对岸，匆忙下了船，旋即又雇了城中的舟子，穿过纵横的水巷，出城而去。舟子擦着荷花的枯枝，一路都是萧瑟声。时序已进入了初冬。船夫说："这就是泉山。"船上的人看到眼前这一座海水拍岸、林木森然、云雾缥缈的大山，疲惫中透着茫然，更多的是犹豫和慌乱。只有一个人的脸上是安然的，甚至还带一丝喜色。往来的舟楫纷纷停下手中的桨，看着这些明显异于本地人的一行人。风从海上吹来，温润、清新，疲惫的身心顿时变得爽朗。不一会儿这群人就没入这座南方的山脉，消失在密林里。他们身后拖着的那一大片阴影，与绿树浓荫融为一体。

关于李氏一族这一次迁徙的缘由，明嘉靖二年礼部侍郎王瓒在《重修茶山大窟李氏宗谱序》中写得明白：

余尝稽往牒，乃至李氏之先，羲皇初载受封垄右，传至李唐高祖，以晋阳举义起自太原，统一天下。宗之繁衍，乃封藩庶河间王孝恭于我瓯，以镇是帮。迨至八世孙集，五代时避乱，自缙云徙迁永嘉茶山大窟居焉，傍祖垄也。

　　河间王李孝恭八世孙李集，带领族人从太原到江南，说是一次迁徙，其实是李氏一族的生死逃亡。黄巢起义、五代战乱带来的灾难，如带血的鞭子，在身后抽打着，迫使他们背对着故乡，一路向南，再向南，颠簸而来。这次走得更远，进入更深，遁入东海一隅的荒山野岭。这座南方的山脉，于李家并不陌生，先人的骸骨早已在这守着了。《李氏宗谱》载："唐封河间王讳孝恭王妃申屠氏，墓在永嘉茶山德政乡，西有平坦三顷，寝殿遗址尚存，至今名其墓曰李王坟，其峰曰李王尖焉。"傍"祖垄"，他乡已是故乡。

　　距离李唐宗室李集迁徙温州大罗山，已过去了一千多年。尽管望向岁月深处的目光近乎恍惚，但这个叫李集的唐人却是如此真切地在我身边。他和他的族人并没有被这座南方山脉的瘴气所吞吃。明万历《温州府志》卷十八载："唐李王墓在茶山，唐宗室李集避乱居住遗迹尚存。"光绪《永嘉县志》"宗室李集墓"条说："在茶山。集避乱居茶山，卒葬于此。万历《府志》作李王墓。"比典籍文字更有力量的传承是血脉的绵延。李成木已是河间王李孝恭第四十二世孙，现大罗山李氏已传至四十五代。

初夏的草木绿得嚣张。在植物丰盈的青气里,李唐宗室的一滴血落入大罗山氤氲开来的生命气息呼吸可感。

二

古道沿卧龙峡谷而上,人们叫它"老鼠梯"来喻其险峻。山岭把人气喘吁吁地顶上来,视线撞上如瀑的阳光,不由一阵晕眩。定定神,见峡谷间横着一抹碧水,村落依水岸,如鸟敛翅于树杈。真是一个桃源避秦之地。村名石竹,明时李氏支脉从光岙迁此居住。今村舍大多已改为民宿,村人在村头卖鸡蛋野菜这些土货,面容粗粝如山岩,已不知先祖避居山中之"难"。

李成木老人引我至峡谷中的"卧龙潭"。潭于岩石的怀中,清幽深碧。卧龙潭是古人的求雨之所。"山有卧龙潭,岁旱祷辄应。傍有奇石,书以纪异,且志岁月。"南向岩石上题刻着明嘉靖十八年(1539年)七月温州郡守郝守正携同僚来此求雨的纪事。四周岩壁上还有"龙街""卧龙潭"的摩崖题刻,都是明人所为。如此高峻奇险的峡谷也挡不住文人墨客探幽的脚步。晚明诗人何白还来过两次,并夜宿石竹村。《再宿龙潭背人家》诗曰:"花映澄潭不辨名,鸟藏深树但闻声。高田香稻新输税,绝壁颓垣旧避兵。阴洞云腥龙女过,风林月黑虎伥行。渔樵何幸当吾世,食饱松根说太平。"这位布衣诗人诗中的李氏聚居的山谷，俨然是一处世外桃源。

继续往山里走，好像往时间的囊中探取什么似的。在古道的尽头是一小片山谷，岭下村坐落在山峰下，也是李氏一支在明时从光岙迁来此地。背靠的山峰叫寨城尖，古名霹雳尖。光绪《永嘉县志》载："大罗山其上曰霹雳尖，秀削千寻，气雄负厚，俯视众山，上睨霄汉。"村里建有李氏宗祠，石竹李氏都往岭下李氏宗祠祭祀。山峰合围如铁壁铜墙的南方山野中，不知有多少这样孤独的村庄守着遥远的祖先牌位。

入得山来才知山的世界。山峰与山峰在捉迷藏，分不清是山的背面还是正面。山与山也挽着，挨着，拥着，看不尽山，也走不出山。一个转角，豁然开朗，人已在山巅了。

这是一座小山头，前后峡谷深切。东面有巨岩壁立不挂一枝一叶，形如大象，山体延伸开来，成抱子之势。西面打开，视线越过青螺般的山峦，平原一目了然。村庄朝着北方。石头屋从山的脸面爬上来，又从后脑勺滑下去。山顶地势平坦，建有李氏宗祠。此地就是光岙村，古名冈岙。这样与世无争的地方，只能与白云山花争，与风霜雨雪斗。

风穿过林树，鸟鸣于树巅。老妪的扫帚划过门前的蜿蜒小道，似利器刮过时间的扉页，却又无痕。宁静是如此之深。庭院荒草丛生，梁椽腐朽入泥，一切在宁静中往后退，退回原始。李成木的老屋除了一个残破的门台还矗立着，主体建筑也已是一片废墟。李集血脉在这座屋子里直系传承了十一代，繁衍了近百人。老屋里的人已是一把种子撒出去了。突然心酸，我理解了一个老人的心境。时过境迁，李氏子孙像峡谷山涧的水，出了山之后，回不去了。就如他们的先祖，迁到南方后，再也回不到北方，遥远的北方变成了一炷香的祭祀，变成族谱上的几个字，于光杳，还是一个村庄的方位。

李集宅的遗址在峡谷中。从村旁的山坡下去，穿过一片桂花林，再穿过一片杨梅林。陷入峡谷，如陷入时间的深处。此地唐朝时是什么样子？草比现在长，林木比现在原始吧。所谓的"蛮荒"，仅仅是因为它在历史视野之外，在中原人活动的范围之外。

阳光仍然是唐朝的阳光，此处却已不是唐朝的样子。峡谷中林木茂密森然，只听得潺潺水声。二十世纪六十年代，村里开荒，这片谷地上还挖出一些石板和瓦砾。涧水从林木深处流出，带来远古的消息。

那日，李集与族人弃船后，一步一步沿着山势攀登，向着祖垄的方向走。抬头望一望天空，天空似被围砌了，但仍不失辽阔，两棵樟树像士兵把守谷口，爬上山头一看，山下平原一目千里。于是停下脚步，与族人凿石砌墙，开垦田地，而后给这个地方起了名字叫"樟树窟"。晨雾与炊烟一起升起。

涧水滑过蛮石，折一下，旋即坠落悬崖峭壁。在悬崖的内侧排列着六七个方形洞孔，这是水碓舂米引水造渠的遗迹。恍惚间碓声"嗵嗵"，山谷回音，如雷声滚滚。峡谷中有一条古道，是李氏先祖开发的出山通道，已废弃多年，杂草中隐约可见的几块石板，犹如残缺的书页打开着。一切化去，石头不语。

李集成了一支血脉的开端，像一粒种子，寻觅到自己的土地，生根发芽，根脉随着山脉，时间沿着空间，从隐秘的峡谷中，攀缘上光岙，再沿山势婉转而下，岭下、石竹、秀才垟、李垟、动石、龙头、娄桥、永强、瑞安、玉环……一千多年过去了，李氏一族从这座南方的山脉深处一步步地走出来。崇山峻岭中，"嗒嗒"的脚步声，犹如李氏血脉强劲的搏动。据《李氏宗谱》统计，从大罗山李集发基，其后裔蔓延温州地区以及玉环，就有七十万人。这是李氏支脉一千多年来在东海一隅繁衍的气象。血脉是一条流向明晰的河，此次我是逆流而上。

《李氏宗谱》上一个个人名，犹如花叶。细看其脉延，李氏一族安于山野的品性隐现其中。从八世孙李集开始，直到十四世方有子孙步入仕途。李唐卿，登宋绍兴庚辰（1160 年）进士，教授西京睦宗院，历官国子监博士，为秘书郎，除江东提举，逾年改浙西。其子弥高，由进士历太府臣，出于严陵守，父子俱以廉洁公平称世。接着的十六世孙李千一，立志三世笃守祖业，殷盛至富遗于

138

后裔。其后历十世，无子孙入仕，好像遵了祖训似的。但历代有风华者不在少数，其十八世李允熙，"少时耽诵诗书，苦志寒窗无游，泮水田舍终"。二十世李显宗，"嗜乐音诗章，自娱浮白，弹棋交游多侣"。廿一世李亮宰，"天性沉静清高，好善乐施，爱亲敬长，隆师善友，入孝出悌，教诲子孙循循善诱，贤哉斯祖，洵乎唐裔"。直到二十六世孙李阶。李阶，字升之，号月川，明弘治五年（1492年）乡魁，正德六年（1511年）进士。初任山东寿光县令，后任广东按察司佥事，以吏部主事致仕。李阶自幼聪敏，诗文俱佳，又通算数、阴阳、医卜。曾为张璁师，张璁为相后，在瑶溪立祠以祀。王瓒写《重修李氏宗谱序》正因李阶之请，说与李阶"幼同笔砚，契谊姻友"。风吹山树窸窣作响，族谱上的一个个人名，随满山草木摇曳生色起来。

又至山顶。日光穿过树梢落在宗祠门台"陇西支脉远，冈峤发源长"十个字上，这一束历史的追光，瞬间把北方和南方连在一起，把过去和现在连在一起。

三

光峤村朝北，巧的是，李王尖也在村的北面。遥望北方，青峦如萍点点浮于烟水。视线与这座称王的山峰对接时，历史的苍茫之气穿空而至。

唐开国之初，高祖李渊堂侄河间王李孝恭平定江南，东海一隅成为大唐万里江山的一小块拼图。中原的统摄力切入东南海隅，并在时间的长河中留存下来。著名的有两件事：唐高宗上元二年（675年），析括州之永嘉、安固两县置温州，以其地处温峤岭南，虽隆冬而恒燠，故名温州，温州之名得以确立；也是这一年，瓯柑被列为贡品，一个果实成为长安想象温州的主要媒介，此后历朝历代沿袭，进入诗歌、小说。

或许最了解这块土地的还是坐镇江南的河间王李孝恭，他知道江南的每一寸土地，与严重失血而苍白枯瘦的北方相比，是那么骨肉丰满，唇红齿白。他让自己的王妃永远守在东南一隅，也暗暗代表自己镇守的疆域吧。八世孙李集奔南方"祖垄"而来，于李氏血脉，是回到源头。难道河间王李孝恭早料会有这一天，给自己的子孙留了这么一条生路？

去李王尖的路，石头古道已变成了水泥公路，李成木也从少年走成了老人。一只松鼠在路上一闪而过，消失在山野，也是忽闪而过的那些个春夏秋冬。广袤的时空里，都是这些消失的事物在飘荡。一座座山，不仅仅是山，也是作为时间而存在。走在我前面的老人的面容，还有几分是李唐的胡人之相呢？

李王尖在视线里只有一截曲线的距离，到了眼前就变成了一片草地，一片林地。这是山的魔术。这条路上，从古至今，慕名寻访李王尖的人也是络绎不绝。来访者中，明人王叔杲（1517—1600年）登李王尖，写下的诗文成为后世查证"李王墓"的重要历史文献资料。这位嘉靖四十一年（1562年）的进士，六十岁辞了福建布政使回乡后，热心文化寻根，改建温州府学、县学，修江心屿、东瓯王庙等，捐千百金也不吝啬。倭寇犯温时，与季父王沛班练团防守，筑永昌堡。此公有闲云野鹤之风，又有侠气，按他诗中所说是"予本山中人"，喜欢"闲持一觞酒，岩陟罗山巅"。这次李王尖之行，他也是带酒而行，那首《李王尖战场歌》写得气势雄壮而悲凉，也是李集最好的画像：

将军跃马趋云间，凿山通道逾八蛮。

弯弓直射飞狐道，按剑曾开豺虎关。

将军英武本唐裔，力能拔山气盖世。

当时唐室苦分崩，社稷摇摇一丝系。

六镇云扰军无功，九鼎卒陷朱全忠。

英雄无志图复兴，穷山独守悲元戎。

把酒重登古将台，千年剑戟森蒿莱。

北风萧萧思猛士，倚天长啸秋云开。

诗作的后注写道："李王，唐宗室也，唐末避乱居山中，其战场石阵尚在焉，旸谷子观之，赋战场歌。"注中可见，明时此地李王战场痕迹犹在。这与明时重修的《李氏宗谱》里"西有平坦三顷，寝殿遗址尚存，至今其墓曰李王墓。其峰曰李王尖"的记载相符。林成木说，一九八〇年代，曾有人在此建坟墓，挖出砖头瓦砾，就不敢在此建坟了。《李氏宗谱》记载，大罗山李氏十一代先祖都葬于此。

眼前只有青草不弃春秋年年绿，即使风吹草低，也不见一砖一瓦，只有在掘进泥土深处才可触摸到。大家静默着，一时无语了。

往山尖尖走。山在步步升高，人却在往下沉降，沉入荒古苍茫。这座亿万年前从大海中升起的山体，像一条庞大的根脉伸向无垠的大海。直起腰来时，一时恍惚，眼前是另一片大陆吗，还是海市蜃楼？此时才体会到王叔杲在《李王尖行》中那句"笑拂吴钩倚天柱，俯从沧海观蓬莱"的意境。李王尖的东面是茫茫海域，西面是楼宇密集的温州城，南面是连绵不断的山峦。风从海上呼啸而至，发出战旗撕裂般的声响。刹那间，那个叫李集的古人赫然立于身旁，我甚至能感觉到他佩剑闪射出的寒光。原来这一路寻来，我一直在辨认这个人。

这个坐在李氏宗祠里的李氏祖先李集，并不是文字记载的"避乱"或"隐居"那么简单。唐朝日薄西山，无论是黄巢起义，还是进入五代争霸，作为李唐血脉以及关陇集团之首的赵郡李氏，都是首当其冲，在劫难逃。河间王李孝恭八世孙李集与生俱来的将领血脉，定是与黄巢，或者朱温的军队抵死抗击过。无奈已不是唐朝开国之势，有"凌烟阁二十四功臣"。二百多年过去后，乾坤变化，将已不是当初的将，兵也不是当初的兵，力已不能挽狂澜。"留得青山在，不怕没柴烧"，李集带领族人和几个兵士从北方到南方，寻找只有李氏子孙才知道的那个极其隐秘的地方——河间王李孝恭的申屠氏王妃的安葬之地。东南海隅的这座山脉，也是李氏一族最后的江山。李集的太祖，李唐江山的开国名将李孝恭早知道大唐总有颓倾的一天，早已为自己的血脉延续留了一条后路。这一小块隐秘的江山一直在李氏的族谱里代代相传。李集虽藏入高山峡谷中，但不论是李王尖，还是光岙，都是制高点，既能观海上动静，又能观平原之势。他在祖垄之地，排兵布阵，操练士兵，以先祖的伟业激发光复之志；退一步，又可守护李氏子孙的生命安全和李氏一族的血脉绵延。

世事也正如河间王李孝恭所料，他选的"祖垄"之地偏安一隅，得山海护佑，不论是黄巢起义，还是接着的五代十国，温州没有发生过战乱杀戮之大祸，反是避乱之民的流入地。唐僖宗乾符五年（878年），黄巢从仙霞岭入闽血腥屠杀，闽北居民大批流入温州。也是继两晋"五胡乱华"流入温州的第二批闽人。他们都是今天温人的祖先。此后大都是小城总管的频繁易主，大国震荡神经末梢的反应而已。且看：唐僖宗中和元年（881年）八月，朱褒占据温州，次年被封为温州刺史；唐昭宗大顺元年（890年），朱诞（朱褒之兄）为温州刺史，此后，朱著床敖等兄弟交替为温州刺史，据温二十二年。唐昭宗天复二年（902年）十二月，温州裨将丁章逐刺史朱敖，自称"加州事"；天复三年（903年）四月，丁章为木工李彦斧所杀，裨将张惠据温州；唐哀帝天祐二年（905年）八月，处州刺史卢约命其弟卢佶攻陷温州，张惠败逃福州；天祐四年（907年）三月，吴越王钱镠命其子元瓘讨伐卢佶，攻陷温州，卢佶被戮；五代十国，后梁闽太祖开平元年（907年）十二月，吴越王钱镠命其子元瓘，筑温州子城。子城现如今还保存了最初的建筑形制。

俱往矣！人类不可能蹚入同一条河流，看似相同的波涛下，历史的河床走向，已悄然发生了改变。一代一代人的生命如树叶飘零，傍于祖先的坟茔之旁，归于尘土。

李集，一个弃世如此之久的人，却没有被时间的汪洋淹没。千百年来，除了典籍和诗文记载，李王的传说，像大罗山的云朵从这个村庄飘到那个村庄。山峰有山石滚落，人们就说是李王的胭脂马跑过。雨后山谷常出现五色彩虹，就说是李王在晒他的龙袍。山谷回音，就说是李王兵败隐入山脉，叫"应山脉"。世人只知大唐是中国文明的一座高峰，却不知道东海一隅有一座山峰姓李，与大唐血脉贯通，遥遥呼应。

历史动荡、自然灾害、个体迁居，人类的迁徙像一道道隆起的山脉，构造着中国大地的生命肌理，也是历史的另一种书写。李唐宗室一支血脉迁徙至温州大罗山，是大唐的心脏在激烈的搏动中一点鲜血喷射到边缘地带的历史见证，是中原文化进入南方海隅的见证，"瓯居海中"的"蛮荒"山脉，从此染上缕缕烟火。

当农村城市化，老建筑入了土，有人不入宗谱……祖先的时间和历史我们不再携带，自己血液的河流怎样在时间里流布，我们再也不明白，人潮拥挤中，我们无法辨认自己。李成木老人的愿望，就是想要李氏子孙，无论走得多远，归来走进这座山，也就是家族血脉源头时空时，能认清自己的面孔。

二〇二〇年六月十日

走在唐诗之路上

庚子晚秋，从温州坐客车，行程三小时二十分钟，到新昌天已向晚。新昌未通高铁，时隔十多年后再坐客车，虽不比古人水陆辗转，却由此生出一分古心。

新昌与嵊州，古属剡县，俗称剡中。这是一块盆地，西北是会稽山，东北是四明山，南边是天台山。剡溪和曹娥江两条水系呈向心性集中。从初唐到晚唐，整整一个朝代，文人名士，如高山流水，纷纷朝着浙东这一方水土一路唱和而来。诗歌史统计，有四百五十一位诗人，留下一千五百零五首诗篇。《全唐诗》收载的诗人两千余人，差不多有四分之一的诗人来过浙东。《唐才子传》收录才子两百七十八人，上述四百五十一人中就有一百七十三人。李白、孟浩然、杜甫、白居易、温庭筠、元稹、刘禹锡、岑参……从钱塘江抵萧山西陵（今西兴镇）渡口进入浙东运河，到达越州（绍兴），然后沿越中剡溪上溯，经剡中到达天台的石梁，支线还到了温州。这条"浙东唐诗之路"，成为继"丝绸之路"和"茶马古道"后的又一条文化古道。

李白的《别储邕之剡中》诗云："辞君向天姥，拂石卧秋霜。"公元 726 年，李白登天姥是在一个秋日。我此行也是。入眼之物，是李白看过的，也是一众诗人看过的。

一 石城山的魏晋时光

白云山庄，在石城山入口。晨起，几个人相约去石城山。原来昨晚散步折返处不远就是放生池了，只见山泉漾漾于一潭。山道在这里呈"Y"字形分叉，一条向南，一条向东，大佛寺在东。山径曲折，有几处凿山而过。山峰竦峙，杂树染秋，人在山中，不知山深几许。有岩石壁立如削，上面刻着"面壁"二字，一看是北宋米颠留于此。"古藤络苍岩""石梁卧秋溟"，山中仍是晚唐诗人唐彦谦所见之物。

穿过一道窄门，悬崖峭壁拔地而起，天也被挤压成狭长的一片。几间禅房紧贴左侧岩壁延伸，右侧，一座重阁飞檐的殿宇沿一块独立的巨岩而建，指示牌上写着"弥勒佛石窟造像"，才知大佛就在此地。

阳光在巨岩上飞溅开来，而后又跌落，光的瀑布，在岩下聚成一潭。阳光下的小小禅院，古雅明净。

石窟内，脚手架横竖交叉围起大佛的周身，问一僧人，说，是准备重新裱金。脚手架内，高五丈的大佛结跏趺坐，法相庄严，两只手掌交叠作禅定印。

佛前伫立良久，耳边似有"叮叮"的凿石声传来，而后声音越来越密集，恍惚间，大佛上下都是幢幢人影，其中有三位僧人，应是僧护、僧淑和僧祐。

僧护是开凿大佛的最初发愿者，年少出家，隐居在石城山隐岳寺。据传，僧护每次经过寺北端的一处数十丈岩壁，都会看到光明焕发，听到丝竹管弦之声，于是在此挚炉发愿，凿岩镌刻十丈弥勒大佛。至南朝建武期（494—498 年），仅成面璞，后因病辞世。当面璞——大佛模糊的脸廓从岩石中浮上来时，石城山亿万年前的顽石都为之默默双手合十吧。

僧淑继其遗业，但因经费不足，也没能完成石窟大佛。铁凿停下来就是经年。山中风霜雨雪如故，高僧名士进山的脚步却是络绎不绝，他们到山里来，松下煮茶，石上听经，泉边清谈。

东晋以后，衣冠南渡，北方的士族大家纷纷南下，浙东以会稽为中心，成为南方的文化中心。在嵊州和新昌一带，高僧辈出，名士迭现。白居易在《沃洲山禅院记》中说："东南山水，越为首，剡为面，沃洲、天姥为眉目。夫有非常之境，然后有非常之人栖焉。晋宋以来，因山洞开，厥初有罗汉僧西天竺人白道猷居焉，次有高僧竺法潜、支遁林居焉。次又有乾、兴、渊、支、遁、开、威、蕴、崇、实、光、识、斐、藏、济、度、逞、印凡十八僧居焉。高士名人有戴逵、王洽、刘恢、许玄度、殷融、郗超、孙绰、桓彦表、王敬仁、何次道、王文度、谢长霞、袁彦伯、王蒙、卫玠、谢万石、蔡叔子、王羲之凡十八人，或游焉，或止焉。"

石城山最早的开山者是帛僧光，于晋永和元年（345年）来到江南，栖止于石城山的石洞中，后来跟他学禅的人越来越多，在旁边建起了茅棚，逐渐形成了石城山的第一座寺院隐岳寺。帛僧光在石城山修禅五十三载，晋太元末年（396年）辞世。隐居沃洲山的高僧支遁晚年也住石城山，建栖光寺，太和元年（366年）卒于此。

石城山的佛胎，在天地间孕育着。某日。某人。这个"某"可能是一位高僧，也可能是一位名士，也可能是任何一位到石城山来的普通信众。他，或者他们的目光触及大佛的石胎时心中一动，心愿如草芽拱破冻土，萌生接续僧护和僧淑的遗愿。

前车之鉴，行愿也需要智慧呀。环顾天宇茫茫，青山苍苍，世间只有一个人可完成大佛造像。是谁？此人就是当朝天子梁武帝。怎么办？想办法呀！找卸任回乡的官员陆咸谋事。陆咸知道此时深得天子器重的建安王萧伟体弱多病，正辞职在家养病，以他的财力、势力、信仰，致力于营造弥勒大佛正是时候。真是找对人了。

后面就是《高僧传》里记载的灵异之事了，说陆咸一日夜宿剡溪，风雨如晦，夜不能寐，稍一打盹见三僧来告，说建安王若能完成剡县僧护所造的石像，病体就能平安。于是陆咸上奏建安王，建安王上奏梁武帝。这办事的理路跟现在一些事情还是一样。

梁天监六年（507 年），梁武帝敕遣僧祐到石城山专任营造石像。僧祐是一位在齐梁佛教史上留下不朽业绩的名僧。《高僧传》里说："祐为性巧思，能目准心计，及匠人依标，尺寸无爽。故光宅、摄山大像、剡县石佛等，并请祐经始，准画仪则。"光宅寺位于当时丹阳的秣陵（今江苏省南京市），摄山大像在南京栖霞寺，至今已不存，只有剡县石佛即今大佛寺弥勒像成为僧祐仅存于世的杰作。僧祐不是以尺寸而是完全凭经验靠目测建造大佛。

僧祐在造像过程中发生了一件意外的事，"雕刻右掌。忽然横绝，改断下分，始合折中"。后人根据此文推测，僧祐最初设计的大佛右掌可能作前伸的施无畏印，后因石材断裂，遂改为双手于腹前相合的禅定印，而佛像结跏趺坐与禅定印是相配的，这是造像的仪轨，由此石像也由原来的站高十丈改为坐高五丈。这件事情记载在刘勰的《建安王造剡山石城寺石像碑》。刘勰是僧祐的好友，碑文中赞誉僧祐营造的剡县石佛为"不世之宝，无等之业"。刘勰因"文长于佛理"，当时京师的寺塔及名僧碑志都请他制文。这些碑文，到今天也已散失，这篇长达两千两百余字的剡县石佛碑文成为刘勰除《文心雕龙》外难得的存世名文。弥勒大佛也因前后历三十年经三僧而成，被称为"三生圣迹"。

今天的大佛已不是石像，而是石胎木架夹苎裱金像。新昌大佛至初唐时期仍是石质大像。一九八九年，大佛左臂肩及胸腹大块泥层塌落，露出隐在泥层内的木框架和石胎，并裹以生漆苎麻布，然后进行衣褶加工以及磨光和裱金。一九九〇年开始维修，发现面目也有木框架。

大佛这一变化与北宋开宝六年（973年）钱俶重修大佛有关。"鼠雀之穿坏，又渥其涂彩，葺以梓材。"钱俶的这次维修记载在宋惟演所作的《重修宝相寺碑铭》。"葺以梓材"，可能就是大佛由石像变为石胎木架夹苎裱金像的开始。

门外放着一块"石弥勒大佛裱金缘起"的告示，写着："大佛寺按照新昌县人民政府意见以及广大信众的心愿，按照文物保护规范要求，根据南京博物馆维修设计方案，需要维修裱金净资一亿八千万元，由寺庙筹集，专款专用。于二〇二〇年二月底重裱大佛金身。有缘者请慷慨解囊，随缘乐助，福不唐捐，功德无量。"据说，史上记载石窟大佛维修达十五次之多。在一千五百多年的时光里，我们见证了大佛最近一次的裱金庄严。

李白诗云："新昌名迹寺，登临景偏幽。僧向云根老，泉从石缝流。寒中鸣远汉，瑞象出层楼。到此看无厌，天台觉懒游。"孟浩然诗云："石壁开金像，香山倚铁围。下生弥勒见，回向一心归。竹柏禅庭古，楼台世界稀。"一个说"到此看无厌"，是"有"；一个说"下生弥勒见"，是"无"，有李孟诗文在此，任何的描绘都是贫乏的了。

朝山外走去。我走过的路，李白走过，孟浩然走过，罗隐走过，陆龟蒙走过，李贺走过……把来过的人的生命长度连接起来，也无法抵达山里一块岩石的生命长度。一些脚印会重叠，目光也会重叠，这一脚，说不定就踏进了李白的脚窝里，呼出去的气，弥散在草木间，从此石城山也收藏了我的气息。

二 一首唐诗三碗茶

月色寒潮入剡溪，青猿叫断绿林西。

昔人已逐东流去，空见年年江草齐。

公元 767 年，陆羽乘一叶扁舟从湖州苕溪出发，进入越州剡溪时已月上东山。陆羽多次入剡，留下的诗歌只存这首《会稽东小山》，入剡考茶的成果却屡见于《茶经》。陆羽是我倾慕的人，他走遍千山万水，只做一件事——写一部旷世的《茶经》。

在剡地，与陆羽隔着一千多年的时光，遇见茶山、茶村、茶诗，还有一杯剡溪茗，它们都有着陆羽的气息。

不到剡中，焉知茶山之深广。茶垄，如云似水，从山谷涌上来，又向四围延伸开去，一些漫到脚边，一些淌到云朵里去了。

此地属东茗乡。秋天的茶山有着坐下来喝茶的那一份沉着和宁静。茶事看似结束了，其实仍在继续。黑黝黝的茶叶，吸纳着阳光。在春天可不是这样的，茶叶鲜绿油亮得连阳光都会在上面打滑塌。秋是收，春是发，从秋天开始内敛，春天才有力气绽放。

"茶者，南方之嘉木也，一尺，二尺，乃至数十尺。其巴山峡川，有两人合抱者，伐而掇之。其树如瓜庐，叶如栀子，花如白蔷薇，实如栟榈，蒂如丁香，根如胡桃。"

天姥山的茶树还是陆羽眼里的样子。茶树的花，金蕊玉瓣配着浓绿的枝叶，清新可人。记得夏天的茶树花，被蜜蜂采过后，经露水一打，摘一朵，对着花蕊一吮，里面的水珠也是甜的。茶树是边开花边结果，花果相遇是茶树的古老性情。茶果在枝上长老了，会爆裂开来，里面的籽砸碎了可以用来洗头，洗后头发会有一层乌溜溜的光。这法子，不知起于何时，是谁发明，老祖母的老祖母就是这样。陆羽没有研究这些，他毕竟是个专心的人。

《茶经》不过七千字，分成"之源""之具""之造""之器""之煮""之饮""之事""之出""之略""之图"十章，写得细致入微，气象万千。剡中茶事，陆羽似乎考研得最是详细。"之出"

一章中写道："浙东，以越州上，明州、婺州次，台州下。"在"之器"说，用两层又白又厚的剡溪出产的剡藤纸做茶叶纸囊，储放烤好的茶，可使香气不散失。用两层的剡纸做纸帕，裁成方形，十张垫十枚茶碗。在"之事"中还收录了一则剡中"飨茗获报"的故事。

陆羽说"碗"也是越州的好，鼎州、婺州、岳州、寿州、洪州都比不上越州。有人说邢瓷比越瓷好，陆羽认为完全不是这样。他说，如果邢瓷质地像银，那么越瓷就像玉，这是邢瓷不如越瓷的第一点；如果邢瓷像雪，那么越瓷就像冰，这是邢瓷不如越瓷的第二点；邢瓷白而使茶汤呈红色，越瓷青而使茶汤呈绿色，这是邢瓷不如越瓷的第三点。陆羽踏遍越州的角角落落，对茶的审美相契于越地的山水。

我见过唐代窑口出土的越窑青瓷，釉质温润如玉，如宁静的湖水，青绿略带一点黄，有"春风大雅能容物，秋水文章不染尘"的风骨。晚唐五代时期的越窑青瓷之一被称作"秘色瓷"，是贡品，也是商贸瓷。这越窑青瓷烘托茶汤的绿色，碧玉般晶莹，嫩荷般透翠，又有层峦叠嶂般的舒目。爱茶的陆龟蒙赞美越窑是"九秋风露越窑开，夺得千峰翠色来"，诗人是深知用越窑喝茶的妙处。

陆羽对茶的寄情，或者说对茶的专研，承继了魏晋之风。北方的士族南渡后，南方的地貌和它多种多样的植被不仅成为诗歌的主题，也成为学术研究的主题。谢灵运的《游名山志》详细记录了胜地名山的地理信息，还有大量描述南方奇异事物的文献记录，包括嵇含的《南方草木状》（作于公元304年），沈莹的《临海水土异物志》，张华的《博物志》（作于公元300年之前）。

陆羽的《茶经》让我想起另一本书——薛爱华的《撒马尔罕的金桃》，这是一本写唐代外来文明的书，一本物质之书，也是一个风华又糜烂的大唐。陆羽是"兰陵美酒郁金香"后的那一盏茶，是"唐三彩"上的那一抹青，一起构成了大唐。

"千峰待逋客，香茗复丛生。采摘知深处，烟霞羡独行。"这是陆羽的朋友皇甫曾《送陆鸿渐山人采茶回》中的诗句。在天姥山想起陆羽，他清寂的身影落在我视线触及的每一处，难以拂去。

远望，茶山中的村落，像万顷碧波中的一个小岛。雾一起来，又似人间仙境。后岱山就是这样的村庄。

走进村子，石头墙，小青瓦，木头门扉，小院落，菜园子，石板路，小狗，鸡，鸭，鸡冠花，还有落光了叶子的老梨树和柿子树，构成了村庄的老底子。但村子并不是一味地老旧，有股子新鲜气在流动。斗笠挂在石头墙上，酒瓮摆在石板路边，茶罐种上金钱草，它们都成了艺术品。一座石头屋的门楣上挂了一块"颜如玉"的木牌，探头一看，是一个书吧。坐下来，泡上一杯茶，看一本书，光阴也在此停下脚步。

一座石头屋改造成了茶室，小院一角种了一棵茶树，花正一朵朵往外冒，更添了茶趣。主人冯春瑾，一个苏州人，循着茶香而来，把一间闲置的民居拾掇成茶室，做起了茶生意。五个年头过去了，还留在茶村恋恋不去，乡亲们也把他当成自己人，有啥好吃好喝的都有他的份。

东茗乡是新昌龙井茶的主产地。当地文史研究者徐跃龙主编的《新昌茶经》载，西湖龙井茶的前身是"天台乳花"。苏轼曾撰文追溯龙井茶的起源，认为乃是谢灵运在下天竺翻译佛经时将天台山带来的茶树种种于西湖，后来辩才和尚退居狮峰山下寿圣寺（即后来的龙井寺）时又将下天竺之茶带至龙井，并亲自植茶制茶，才有龙井茶之名。新昌的龙井茶以石城山大佛冠名，称大佛龙井茶。

后岱山种植了两千七百亩的大佛龙井茶，产茶一千三百三十四担，产值有一千九百七十五万元，村里每人可收入两万八千元。这一组数字也是一组音符，谱出一首优美的春日采茶歌。

采茶不能见日，"晨则夜露未稀，茶芽斯润，见日则为阳气所薄"。清明前后，天刚擦亮，村里门扉吱嘎声此起彼伏，村道上脚步纷沓，欢声笑语，似去赶集。旧日采茶时还有"喊山"的习俗，村人敲锣打鼓，声震山冈，说"喊山"可以呼泉催茶芽，能惊走虫蛇。山外的茶商纷至沓来，挨家挨户地相看茶叶。一个春天，整个村子就泡在茶叶的香气里。

后岱山旧日有自己的茶厂，现在村民专卖茶青，就闲置了，去年被改造成茶文化展示馆。这座建于一九五八年的"后岱山茶厂"，青砖青瓦，成了后岱山茶事繁盛的历史见证。展厅里展出的茶桶、茶篓、茶瓶、茶碗这些旧物，都覆着一层厚厚的茶色，似乎能闻到一股浓郁的茶香。

我注意到一块字迹斑驳的石碑，依稀认出"同归茶捐碑记"几个字。这是一块"光绪三十年"的茶亭碑，记录了村民捐建茶亭施茶的事。勒石而记的果然不是小事。

天姥山高峻雄阔，散落在高山峡谷中的村落都以山岭互通。后岱山没通公路前，下山要走两个多小时的山岭。山道弯弯无止境，山岭高峻似天梯，一个茶亭歇歇脚，一碗茶汤解解渴提提神，风霜雨雪也温厚了许多。捐建茶亭，也叫茶会。民国《新昌县志》记载，县内各村岭设茶亭路廊施茶，附设于庵内的叫茶庵，有三百多处，资金都是募捐，全县共有茶田千余亩，请专人负责烧茶供应。茶亭内立有碑记，刻着捐田者之名和管理事项。

我在《新昌茶经》一书中见过几块遗存的清代茶亭碑——茹姑庙的《茶会碑记》、彼苍庙的《茶田碑记》、台头岭脚的《茶亭碑记》、镜岭练使岭的《茶亭碑记》，这些刻入石头的汉字，在岁月里源源不断地散发着茶香，温暖一代又一代的剡中人。陆羽在《茶经》"之出"里说，茶性质冷凉，可以降火，作为饮料最适宜，于品行端正有节俭美德的人，其效果与最好的饮料醍醐、甘露不相上下。茶山人传承了茶的善性，这是茶山的厚德载物。

秋阳和煦，村人们围坐一起，手边各有一碗茶，谈天说地，一口绵软的越州方言，让人想起了越调。二十世纪初三月的一天，当地唱书艺人袁福生、李茂正、高炳火、李世泉等，在嵊县东王村香火堂前，借来四只稻桶垫底，铺上门板，站上去唱的几折小戏中，就有一出《倪凤煽茶》。这是最初叫"小歌班"的越剧第一次登台。

后岱山有布袋木偶戏班，唱的也是越调。闲暇时，台子一搭，从箱子里拿出木偶来，唱给漫山遍野的茶树听，唱给茶圣陆羽听，也唱给茶村人自己听。唱戏的，看戏的，人还是那些人，手还是那双手，季节一转，春雨落下，茶树吐绿，那时一座山，一个村，连人带云朵、太阳、月亮，都带着茶香。

紧邻后岙山的下岩贝也是个茶村，一家叫"山中来信"的民宿懒洋洋地躺在村庄斜对面的山坡上，四围是此起彼伏的茶园。

"信"是一个多么好的字。春信。雪信。花信。风信。潮信。万物都有自己的信。我收到的是一封山中"茶信"。

面对着茶筛湾峡谷和天姥山著名的"十九峰"，坐下来喝茶。茶叶一条条卷曲着，是传统的手工茶。陆羽在《茶经》"之造"中说像"浮云出山"，又像"轻飚拂水"，大概就是如此情态。茶叶在水中慢慢地舒张开来，从灰绿变成嫩绿，茶气袅袅，清香袭人。泡茶的姑娘说，这是天姥山云雾茶。

"云雾茶"三个字就是一幅山水画——峰峦叠嶂，云雾缭绕，茶林森郁。在这样的画境中，饮一杯香茗，有唐代诗僧皎然"再饮清我神"的意境。

皎然有《饮茶歌诮崔石使君》诗，云：

> 越人遗我剡溪茗，采得金牙爨金鼎。
>
> 素瓷雪色缥沫香，何似诸仙琼蕊浆。
>
> 一饮涤昏寐，情来朗爽满天地。
>
> 再饮清我神，忽如飞雨洒轻尘。
>
> 三饮便得道，何须苦心破烦恼。
>
> 此物清高世莫知，世人饮酒多自欺。
>
> 愁看毕卓瓮间夜，笑向陶潜篱下时。
>
> 崔侯啜之意不已，狂歌一曲惊人耳。
>
> 孰知茶道全尔真，唯有丹丘得如此。

诗中有茶品、茶具、煮茶、饮茶，还有茶境。皎然饮茶有三个境界，层层深入，是饮茶之妙，也是中国茶道的真谛。据说比日本人提出"茶道"一词早了八百多年。

皎然，俗姓谢，字清昼，在灵隐寺出家，后来长期住在湖州的妙喜寺。自称是谢灵运的十世孙，把剡地当作自己的故乡。唐贞元年间（公元785—805年），漫游剡中，品茗访友，写下许多诗歌："早晚花会中，经行剡山月。""春期越草秀，晴忆剡云浓。""觉来还在剡东峰，乡心缭绕愁夜钟。""山居不买剡中山，湖上千峰处处闲。"一代诗僧，满怀乡思绕剡中。

皎然的乡心一半系于剡茶，"剡茗情来亦好斟，空门一别肯沾襟""清明路出山初暖，行踏春芜看茗归""聊持剡山茗，以代宣城醑"，或品，或赏，或赠，或咏，想来只有家山的茶能让皎然饮出"三饮"的境界，悟得茶之道。

皎然与陆羽是"缁素忘年之交"。陆羽于唐肃宗至德二年（757年）前后来到吴兴，住在妙喜寺，与皎然结识。元代辛文房《唐才子传·皎然传》载："出入道，肄业杼山，与灵澈、陆羽同居妙喜寺。"皎然《赠韦早陆羽》诗云："只将陶与谢，终日可忘情。不欲多相识，逢人懒道名。"诗中将韦、陆二人比作陶渊明与谢灵运，表明不愿多交朋友，只和韦卓、陆羽相处足矣。两人一起往剡中访友品茗，倡导"以茶代酒"的风气。皎然《九日与陆处士羽饮茶》诗云："九日山僧院，东篱菊也黄。俗人多泛酒，谁解助茶香。"陆羽在《茶经》"之饮"里说，天生万物，都有它最精妙之处，人们擅长的只是那些浅显易做的，房屋、衣服、食物和酒都精美极了，而饮茶却不擅长。《茶经》里蕴藏着皎然的性灵，也是陆羽的，一生知己，禅茶一味。

日头已沉落"十九峰"后，一切都在隐退。峡谷中的韩妃江越发白而亮，似一条远古冰川，凝固在如墨的山体中。这条江流，是剡溪的一条源头支流。万山之水的剡溪，是一条魏晋之溪，载着王羲之"兰亭集"的雅兴，谢灵运登"天姥岑"的游兴，和王子猷"雪夜访戴"的随兴。到唐朝，文人名士追慕魏晋风度，溯剡溪而来，大袖飘飞，亦步亦吟。茶为清饮，发言为诗，"浙东唐诗之路"上，写剡茶的诗就有三十多首，有杜甫的"茶瓜留客迟"，孟郊的"茗圃无荒畦"，刘禹锡的"诗情助茶爽"，元稹的"慕诗客，爱僧家"，温庭筠的"茶炉天姥客"……一首唐诗三碗茶，留得高香余味长。

剡中有茶祭的古俗。每年春信一来，雨润茶山，民众就自发贡献香烛茶果、茶歌茶舞，祭支遁、王羲之、谢灵运、陆羽、皎然、李白、杜甫、孟浩然、白居易、温庭筠、元稹……在新昌人的心里，他们都是剡地的茶之灵。

三　谢公古道今犹在

"天姥连天向天横，势拔五岳掩赤城。"未到新昌，李白《梦游天姥吟留别》中的诗句已在心头如云海般翻涌。

"天姥"二字，第一次出现是在谢灵运这首《登临海峤初发强中作，与从弟惠连，见羊何共和之》诗中：

攒念攻别心，旦发清溪阴。

暝投剡中宿，明登天姥岑。

高高入云霓，还期那可寻。

倘遇浮丘公，长绝子徽音。

谢灵运是天姥山的开山祖，他开山辟道打通了台剡的陆上通道，把这座南方的山脉推上了文学的舞台。这首诗也是天姥山的始祖诗。李白是追慕谢灵运肆游山水的诗性来到天姥山的。

这条诗性的古道今犹在？据说还残留着会墅岭一段和天姥山下的横板桥、斑竹村两段，两村相距不过十里路，都是古人登天姥山的驿站。

天姥巍巍，溪涧幽幽，不见斑竹村。温煦的阳光缓释出的植物清香，呼吸可闻。一瞬间有走进武陵桃花源的恍惚。

也是"缘溪行"，溪水转折处，古木参天，掩映一座石拱桥，单孔，不规则的粗石垒砌而成，桥名"司马悔桥"。"司马"指唐代隐居天台山的道士司马承祯。南宋嘉泰《会稽志》云："旧传唐司马子微隐天台山，被征至此而悔，因以为名。"袁枚有《司马悔桥》诗云："到此方才悔念深，我来桥上笑先生。山人一自山居后，梦里为官醒尚惊。"这悔的是什么呢？足以让人好一番品味了。

桥的另一头有司马悔庙。旧日庙门前有十多级台阶，武官到此要下马，文官到此要下轿，故又称落马桥。在桥东侧的额上就镌刻着楷体的"落马桥"三字。庙一侧的白粉墙上贴着一纸告示，写有"道长外出"一行字，顿生了"只在此山中，云深不知处"的古意。

古道是大地记事的绳子。"谢公古道"由鹅卵石铺就，枝叶间漏下的点点光斑在上面游离跳荡，忽明忽暗，像折折叠叠的时间。

从树荫下走到阳光下，豁然开朗，那一瞬间仿佛跨越了时空。遥望山边，泥墙瓦屋鳞次栉比，绵延数里，就是斑竹村了。村人说古时是"斑"，因村边山上长满斑竹而得名，也不知改于何时，或许是因斑竹源于湘妃泪的传说而改之吧。斑竹村，因这条古道而生，村子蛰伏在天姥山脚下，也成了这条古道的守护者。人与物需要一种相互的共同关照和共同使用，不然就会消亡，这种生存观也在古道上显现出来。

平坦的水泥路走惯了，在这乌黑的卵石上行走，脚底被硌得微微生痛而变得小心翼翼起来。想着谢灵运开道之初，应是满布荆棘和各种危险。当时这条陆上通道还没有成为台越交通要道，多数游人仍走水路，如杜甫"归帆拂天姥"。"拂"即斜擦而过。他从华顶峰北麓乘舟入剡溪，过沃州而未登天姥，故云"拂"。直到五代后梁开平二年（908年），吴越王钱镠以"去温州道路悠远，此地人物稍繁，且无馆驿，及析剡县十三乡，置新昌县"后，这条通道才成为浙东要津。从始宁至临海古驿道需经新昌的桃源—会墅岭—天姥山—关岭进入天台县界。从此，台越往来，都改由旱路。明清时期，还设有斑竹铺，有大公馆、小公馆。

古驿道距新昌县城南约二十公里。斑竹至天台、至嵊州均为四十公里。驿道穿村而过，是驻足、住宿最好的地方。南来北往的官员、商旅在斑竹驻足、投宿者甚多。明崇祯五年（1632年）的四月十八日，徐霞客游天台山曾夜宿斑竹，他在《游天台山日记（后）》中写道："大道自南来，望天姥山在内，已越而过之，以为会墅乃平地耳。复西北下三里，渐成溪，循之行五里，宿斑竹旅舍。"

袁枚曾三次到斑竹，他的《斑竹小住》写得极有韵味："我爱斑竹村，花野得真意。虽非仙人居，恰是仙人地。两山青夹天，中间茅屋置。佳人出浣衣，随人作平视。仙禽了无猜，神鱼不知避。我坐支机石，与谈尘外事。人语乱溪声，钗光照峦翠。"

斑竹村依然有着袁枚笔下的诗意。但斑竹作为一个旧时的商贸会聚之地，我还是闻到了马粪、老酒、汗液的气味。这些从黄泥墙、卵石路、排门板上散发出来的气味，背后都是人名，我仅仅知道谢灵运、李白、徐霞客、袁枚，他们的到来，斑竹才有那么多店铺，沿着驿道密密麻麻地排列着。

当然还有迁居此地的章、盛、张三姓族人，他们都成了斑竹人。比如章木，是斑竹章氏的始祖，南宋初迁入新昌，后裔一支又迁居鄞县，清咸丰间章鋆中状元，曾来新昌祭祖，其子孙遵嘱来斑竹重建祠堂，斑竹人称状元祠堂。

正午的阳光像一束历史的追光打在"章大宗祠"的天井里。空无一人的祠堂，其建筑本身开始引人注目。台门上精细的砖雕显示了这个家族的荣耀。祠堂的正厅面阔三间，两侧各有三间看楼连接戏台前廊。正厅的明间抬梁式，次间穿斗式，七柱落地。抬梁上是花篮式瓜柱，脊檩下是花篮悬柱，檐柱上有透雕狮子捧绣球牛腿。特别是戏台的藻井，七层卷浪纹花拱木雕片，逐层缩小，有二十七组，穹顶为狮子捧绣球浮雕，四面台柱均有牛腿，后台柱牛腿为左文右武透雕人像，前台柱为狮子捧绣球和骑马的武将。祠堂的建筑结构之复杂，技艺之精湛，有一种惊心动魄的美。想着祭祖时，戏台上锣鼓喧天，粉墨登场，戏台下人头攒动，香火鼎盛，那是何等兴旺啊。

空荡荡的戏台，这份曲终人散之后的安静，像一面镜，照见历史和当下，照见那个孤傲卓绝又落寞孤独地行走在天姥山脚下的诗人谢灵运。

公元 423 年，在永嘉太守任上一年的谢灵运，最终熬不住东南海隅的寂寞，交了辞呈，径直回了家乡会稽始宁，这是他第一次退隐。公元 426 年，谢灵运再度出仕，回到京城建康，任秘书监。这是一个掌管图书的官职，负责整理密阁——收藏天子藏书的地方——的图书。官方让他撰写《晋书》。灵运志在参加高阶层政治，掌握政治实权，怎么能安心做一名文史官吏呢？失望之余，任性的脾气一上来，又开始消极对待，敷衍了事。其实，以灵运的学识和才华，这项工作非常适合他。文帝对灵运的才华非常赏识，不久迁为侍中。经常日夕接见灵运，赏遇丰厚。但不愿做一名文学侍臣来点缀刘宋朝廷风雅的灵运，又辞职不干了。

公元 429 年，谢灵运从建康又回到始宁。第二次退隐的谢灵运游兴似乎比在永嘉时更浓了，弄出的声响还挺大。《宋书》卷六十七《谢灵运》载："尝自始宁南山伐木开径，直至临海，从者数百人。临海太守王琇惊骇，谓为山贼，徐知是灵运乃安。"看到王琇这般样子，诗人哈哈大笑，说，跟我一起游山玩水去吧。王琇当然不肯去。

这支浩浩荡荡的开山队伍，其实是谢灵运像宇宙一样无边无际的孤独寂寞。请看谢灵运的形容——明成化《新昌县志》载："裸体而行，须发及地，足著木屐，手执卷，惟一布巾蔽前耳。"谢灵运的这张裸像挂在东山寺，后寺废，裸像亦轶。这是一个多么荒唐又任性的诗人呀。

如今看来，谢灵运此举，是诗人最后被弃世广州的连锁反应。这条开辟出来的山道，也是诗人的心迹，如一条燃烧的草绳，将成灰烬。这种失意的狂放，即将到头了，人生的大戏终于到了高潮，要走向尾声了。

相比谢灵运，他的粉丝李白的精神天空开阔多了。唐玄宗欣赏李白，也只是将他当作文艺人才看，给他一个供奉翰林的虚衔。李白对于这样的照顾一点也不买账，一有机会，还要从政，最终落得流放夜郎的下场。

李白流放夜郎是人生最低谷的时候，他的《早发白帝城》就写在流放途中。"朝辞白帝彩云间，千里江陵一日还，两岸猿声啼不住，轻舟已过万重山。"诗里哪有流放边疆的困厄，只有顺风起航的畅快。那一年李白五十八岁。

谢灵运流放广州时，写了一篇《感时赋》，云："夫逝物之感，有生所同，颓年致悲，时惧其速。岂能忘怀，乃作斯赋。"那种黯然神伤堵着心了。他另外还有一篇《伤己赋》，也是写在这一段时间："始芳春而羡物，经岁徂而感己。貌憔悴似衰形，意幽翳而苦心。"往年那种狂放的游兴已消退，暮气沉沉涌上心头。那年谢灵运四十八岁。

一个是"蹑屐梅潭上，冰雪冷心悬。低徊轩辕氏，跨龙何处巅。仙踪不可即，活活自鸣泉"，一个是"花间一壶酒，独酌无相亲。举杯邀明月，对影成三人"。两个都是极其自我极其孤独的人。李白的孤独很潇洒，对话太阳、月亮、大漠、江河。谢灵运的孤独很幽咽曲折，只有自己，山与水只是他的映衬。也怪不得灵运，魏晋的天空毕竟不是唐朝的天气。

谢灵运和李白走过的这条古道，不论是地理，还是文化，都是一次"凿空"。这两个如图腾般的祖先，在走过天姥山时，随着脚步撒下的文字，至今还闪耀在文学的天空。

站在状元祠堂的台门前看斑竹村，此时的村庄何尝不是一个空荡荡的戏台？往日的商贾、官差、游人，这些戏台上的人物早已不知去向，生活的本质清晰地呈现出来——南瓜、佛手瓜堆放在屋前的台阶上，几个铺晒番薯粉的竹簟搁置在卵石垒砌的矮墙上，一张空竹椅放在驿道上，一位头发花白的老妪推开门露出一个头看着我们。村中心的平地上一个妇女在卖木莲冻。问：知不知道李白？答：我不知道哪个是李白，我也不知道他有没有吃过我的木莲冻。一问一答，像偈语。听者不由一愣，继而欢笑。

斑竹村前的溪流，叫惆怅溪。站在谢公古道上，思绪也如眼前的溪水缓缓流淌，宁静，致远。

二〇二〇年十二月三十日于温州

一块残碑里的时光

法国历史学家布罗代尔说："宗教是文明最强有力的特征。"

一

山水是禅。

南方的山水，峡谷深幽，山峰耸峙，白水在青绿间奔走。

这里已是浙南的极南处。海浪驮来青绿的山脉——洞宫山脉，从闽北进入浙南后，在此盘根错节。主峰莘荠嶂，海拔一千零五十二米。峰下有一座极乐禅寺。

我先是在《瓯海金石志》里看到极乐寺碑的碑文：

极乐禅刹甲于永嘉西路诸山。唐季龙纪间，镜清怤禅师创始于孤峰之顶，名极云。谒灵峰者口若陟于磴，莫不争先而趋焉。大德伏虎以骑，鹿训以跨，出入乎浮岚集翠之表……

把碑文展开来细看。

唐昭宗龙纪元年，也就是公元 889 年，镜清怤禅师云游至永嘉（温州）西面山中，见峡谷、瀑布、激流、森林、草地，氤氲着独特而神秘的气息，有虎、鹿、羚羊等在林野中生息雀跃。又登上高峰，见烟云缥缈中青山万重，如如不动。于是，镜清怤禅师在峰顶建了一座禅院，取名极云寺。

镜清怤禅师讲经时，老虎自林中而出，鹿也欢欣而至。禅师也经常骑着老虎，或跨着鹿，穿行在云岚绿野之间。虎和鹿是灵善之物。特别是虎，集猛兽罕有的三个特点于一身。一是辟邪，《风俗通义》中谓："虎者阳物，百兽之长，能执搏挫锐，噬食鬼魅。"二是虎能听佛法，有灵善之性。三是虎能感应人间善恶，维持正义。历史文献和志书中，常有禅师伏虎驯鹿的记载。民间传说，永嘉建郡城时，一只白鹿从林中衔花而来，绕河谷平原一圈又跃入林中，人们视为祥瑞，按白鹿足迹建城郭，城就叫白鹿城。鹿城之名，温州至今还在沿用。

因镜清怤禅师的修为，极乐禅寺逐渐成为温州西部著名的禅寺。孤峰之上，烟云缭绕，梵音在峡谷中流转。信众不畏山峰险峻，争先前来拜谒。施主夏九发善心，捐出自家的良田作为极乐禅寺的恒产，供养寺僧。到了基禅师时，因寺在孤峰上搬运太艰难，把寺移到前山向阳的地方，方便从事耕种。

极乐禅寺从唐代、两宋到元代，从镜清怤禅师、基禅师、荣禅师、无暇璨禅师、华谷声禅师，四百多年的时间里，在山谷中栉风沐雨，花开花落。

元至正年间，铁关武公来镇守极乐寺山门，发愿重振寺宇庄严。施主林君美是瑞安三川人，为人耿介，才德超群，喜欢与僧人交游，常携友人到极乐寺与铁关谈禅。一日，谈禅之余，乐然捐出自家膏腴之田的租谷百石，补足重建极乐禅寺的经费，同时又刻大士妙相两座，刻成之后，又捐了一些租谷。于是，极乐禅寺重新焕发庄严。古有夏九与镜清怤禅师，今有林君美与铁关武公。他们的善举，刻在碑上，垂范后世。

撰写极乐寺碑文的作者是时任温州路永嘉县尹林慧生。明万历《温州府志》记为林泉生，字清源，元莆田人，至顺元年进士，官至翰林直学士。林慧生"文词名海内"，是"闽中文学四名士"之一。作为地方官，弘扬地方美德是林慧生的职责所在，其中也有他与君美，以及与极乐寺铁关禅师的情谊。元时，士大夫与僧侣交往是当时的一种社会风气。他们仰慕寺院清雅脱俗的环境，与高僧大德或携手出游，或坐禅论道，或茗茶弈棋，在唱和酬答中交流思想，常为佛教僧人撰写一些碑铭、僧赞、诗序等文。林慧生与林君美想必是这股文化潮流的先锋。

极乐寺碑立于元至正三年（1343 年）。碑文中有极乐禅寺的兴衰、人口的迁徙，还有文人、仕宦与寺僧的交往，相应的是宗教、农耕与士人文化等。

二

佛教东来。

但没有人知道佛教何时在东海一隅落地，或许是东海的长风带来，或许从东瓯王的翎羽上飘落下来，或许从青瓷熊熊的火焰中飞溅出来。但是，一位诗人带来佛教思想，却是永嘉（温州的古称）山水可以作证的事实。

永初三年（109 年）七月十六日，谢灵运被贬谪永嘉任郡守。谢灵运心不甘情不愿，赴任日期一再迁延，原定夏末到任，直到秋天才顺着瓯江而下，踏上这座滨海小城。这位满腹郁闷的诗人，给温州山水带来了文学的光辉，以及佛教的慧光。

谢灵运与佛徒有相当深的因缘，他与慧琳友善，同为庐陵王义真的入幕之宾。曾见高僧慧远于匡庐，其他如法勖、僧维、昙隆、法疏等人，也都与之有过交游。前往永嘉，可能有几位僧人同行，到了永嘉后，这些僧人也随从灵运出游，并时常在一起诵经论道。

一日，谢灵运与僧友去郡城西面的瞿溪山访僧。他们驾一叶扁舟，从郡衙门前的河道出发，出城南，折向西，往峰峦叠嶂处而去。一路上，一个个海迹湖，像一双双明亮的眼睛，照亮谢灵运灰暗的内心世界。登瞿溪山后，谢灵运写下《过瞿溪山饭僧》："迎旭凌绝嶝，映泫归溆浦。钻燧断山木，掩岸堨石户……望岭眷灵鹫，延心念净土。若乘四等观，永拔三界苦。"诗中谢灵运详细描述了山民原始的生活，赞美了僧友秉志高洁的修行，其实是他求助佛教思想摆脱现实苦闷的心灵表达。

谢灵运在永嘉写作了著名的《与诸道人辨宗论》，讨论"渐悟"和"顿悟"，辨析成佛之道。谢灵运的"顿悟"之义源于道生。王弘把谢灵运的书送示道生，道生对谢灵运的阐释总体认可。许倬云在《万古江河》里写道："竺道生发'人人皆有佛'的论断，开启一切众生都能成佛的理论……竺道生的顿悟论，也可能有孟子学说的影响。后世禅宗由此肇始。"

谢灵运称得上是佛学家，但不是一位佛教徒。"凡所有相皆是虚妄，应无所住而生其心"，《金刚经》中的这令人精神为之一凛的醒世之言，谢灵运没能据为己有，他太爱生了，他执着于眼前的享受，太害怕消失殆尽，因而求助于佛家的思想。

谢灵运在《石壁精舍还湖中作》中写道："昏旦变气候，山水含清晖。清晖能娱人，游子憺忘归。"这"清晖"，是自然山水的光芒，也是谢灵运的佛教思想遇上永嘉未染尘的山水迸发出的智慧之光。

谢灵运其实是山水光芒的采集者,这是他另一个隐匿的身份,连他自己都不会觉察到。谢灵运的慧光,一直滋养着后世的诗人,这才有了李白的"孤帆远影碧空尽,唯见长江天际流"、王维的"人闲桂花落,夜静春山空",等等。

据考证,从刘宋开始,瓯窑上开始出现莲花纹。是不是可以说,谢灵运在温州,倡导了一种精神至上的文化生活。他的佛教思想像水一样渗入温州的山水,然后以诗歌培植了一片适宜佛教文化传播的土壤,特别是禅宗。

谢灵运也曾沿瓯江逆流而上,进入戍浦江,游览藤桥的石鼓山,留下山水诗《登上戍石鼓山诗》。"日没涧增波,云生岭逾叠。"夕阳西下,瓯江潮涨,戍浦江随着也涨起来,潮水会一直涨到层层云岭之后,直到江的源头——泽雅。

瞿溪与泽雅,分居山的两面,接壤生息。而泽雅与藤桥,是一脉之水,相依相通。一向热爱寻求人迹罕至的险峻之地,以征服高山大川为兴趣的谢灵运,在永嘉,没有翻过瞿溪山,也没有沿着瓯江的潮水到达戍浦江的源头,诗人的目光无法抵达山水更深处。

在谢灵运的刘宋时期,泽雅这一片高山峡谷还是一块化外之地。但很有可能居住着没有随东瓯王内迁江淮的"瓯人"遗民,以及之后被楚灭国后避入深山的"越人",他们在山中就像谢灵运在

《过瞿溪山饭僧》中描述的山民那样用泥土涂塞门户，截断树木钻木取火，过着原始的生活。

到了唐朝，佛教大盛，杜牧诗中"南朝四百八十寺，多少楼台烟雨中"的盛况，同样也可以用来描述温州。一座座庙宇在温州山水间，雨后春笋般生长起来。据《温州通史·汉唐卷》载，中和元年至天复二年（881—902年）间，二十余年温州地区增加了二十所寺院，极乐禅寺就是其中一所。而温州地区佛教发展的繁盛期则在吴越国（906—978年）七十余年间，温州地区新建了八十六所寺院。

极乐寺，这一朵禅花，开放在繁花凋零的晚唐，催开这朵禅花的是帝国覆灭之际的社会动荡。温州虽偏安一隅，但帝国心脏的搏动，自然波及每一条毛细血管。天灾人祸时，寺院禅林往往是那滔滔洪水中的一叶方舟，成为芸芸众生的庇护所。在战乱的阴影下，孤峰之上的极乐梵音，开启了这一片山域文明的先声。

高山峡谷中，文明延宕而迟缓。宋时，此地属永嘉县泰清乡，有"梅溪里"的记载；明清时属永嘉县泰清乡二十三都，以溪山清胜故名。明弘治《温州府志》作"寨下"，万历《温州府志》作"泽雅"。"寨下"与"泽雅"方言谐音，应是方言雅化而来。时代变迁，现在山里两百多个自然村落，隶属于温州市瓯海区泽雅镇。不论是梅溪、泰清，还是泽雅，从地名里就已看到这里青山绿水之美。

在明朝，或是宋朝，泽雅山民利用自然资源手工造纸，技术与《天工开物》里的造纸如出一辙，并延续至今。令人匪夷所思的是，文字对于这一方造纸的水土却极其吝啬，历代志书文献除了记录几个地名，竟然没有记载这片土地的任何消息。为文字提供安生之所的泽雅，被文字遗忘了。

因此，刻在石头上的极乐寺碑文，极其珍贵，后人从中得以窥见千年之前泽雅这一方水土的精神气象——唐时的泽雅高山峡谷中，人还没有多少说话的余地，这里充满着花朵、草树、溪流、山风、雨雪这些土著的声音。而佛祖，在群峰之上拈花微笑。

三

进山寻访极乐禅寺。

沿着古道走，血肉之躯上的脚板踩踏在山体上，不由周身血液沸腾，这是人与山、脚与泥土与生俱来的情感被唤醒了。

粗石砌成的古道，沿着山势蜿蜒爬升，曲线连起一座又一座的山体。阳光从竹林的缝隙间漏下来，投在覆着苍苔的古道上，虽是白日，也有王维"明月松间照，清泉石上流"的禅境。三两声鸟鸣，穿透密林，王籍"蝉噪林逾静，鸟鸣山更幽"的禅心亦可体会。中国的艺术意境，是人与山水合一的诗意境界。诗教也是中国原始的宗教。在山水间参禅、悟道，才得天地真意。此时，我又想到了谢灵运这个被弃世于广州街头的伟大诗人。

聚居在山的褶皱中的村落人家是山中最美的风景。他们像捉迷藏似的，指向无尽的山的深处。他们从哪里来？这个问题一直在心头像草叶在风中翻飞。那些仍在山里生活的人家，春天播种，秋天收获，依着日出日落与季节的轮回，生活的节奏也是天地的节奏。他们的祖先藏起自己生命的来路，让高山锁住后人飞翔的翅膀。但终究是锁不住的，千百年之后，他们的后人又开始往山外迁徙。这是人类迁徙的本能。只有经历过喧嚣，再回到寂静的山中，才能真正领受陶渊明"采菊东篱下，悠然见南山"的"此中有真意"。

北林垟属于高山盆地，山间"土地平旷，屋舍俨然"，恍若"武陵桃源"。村头正建一片公寓式建筑，叫"田园综合体"。这是一个现代概念，可以理解为在乡村田园吃饭、睡觉、休闲、旅游、养生等。做这样的事，陶渊明是鼻祖。从历史的那只眼看，只是人类迁徙的一种方式而已。史上避乱、开垦、隐居、躲祸、经商，甚至游览等，都是人类迁徙的理由。当山中的人走向城市，城市趋于饱和后，一些人又重返乡村，但返回的不一定就是原来出去的那一批人。这也是自然的轮回。

从村尾一座小山的脚下进去，绕过这道山的屏障，呈现在眼前的是一个巨大的湖，一个异常饱满、深邃、仁慈的碧波荡漾的湖。哦，不，是群山合围中的一片广阔的稻田，平铺开去的青禾，荡漾的绿光眯了我的眼。竹林像成批的绿色云朵，也像一条大河，在巍峨的山体上飘荡，抑或流淌，让人分不清绿色是从山上流淌下来，还是从田野上涨上去。高山上有这样一片广阔的绿野平畴，还真是让人惊奇。

晚稻正在扬花灌浆，空气中飘散着淡淡的稻米香，馋得让人想吃一碗香喷喷的"尝新饭"。呼吸着，张开贪婪的嘴，在心里大声喊："是谁在这山谷里种下第一株禾苗呀？"翠色逼人，风从山上跑下来，从我扬起的双臂下穿过，绿野上倏忽闪过一袭袈裟，隐入对面两条山脊的相交处。看到那里有两片竹林像两扇大门，守护着什么似的。

贴着山边的小径走是一种奇妙的感觉，迂回曲折，由远而近，像去寻访一位故人。走到了山襟交叠处，才知是一条小峡谷，涧水潺潺有声。小径往左分叉出一条小径，弯弯曲曲，而后被一条粗石垒砌的小小的单孔石拱桥接到对面。一块缺了上半截的石碑立在桥的那头。这就是"极乐寺碑"吗？

碑上附着一层青色的苔衣。凑近看，依稀可见一些浅浅的字迹。拔了一把草，擦去青苔，辨认出"温州路"和"佛"这几个字。"路"是宋元时期的行政区域名。在宋，相当于明清时的省，

178

在元代，相当于明清时的府。碑文字迹模糊，无法辨认碑上刻的是什么内容。石碑的背面也刻有字，辨认出"青田縣二都根頭信士林二位拾银二钱"，还有"庫門坳"。这是极乐寺碑文中没有载录的内容。给村人电话，说为了防盗，把碑埋地下了。那这块又是什么碑？折下一片南瓜叶去溪涧兜水，希望打湿石碑后，能辨认出碑上的字。叶兜里的水，走到半途差不多已漏尽。在古物面前，因为无知，所以徒劳和无助。

隔了一周时间，再次进山，用水冲洗了石碑，用铁刷清除了碑上的青苔。石碑吃了水后，竟然整块暗了下去，那些字没有浮上来，反而像溺水了一样，沉到时间的深海里去。扑到石碑面前，细细搜寻，想把它们打捞上来，除了上次认出的"温州路"和"佛"，这次认出了"夏九"，这两个字足以让我们断定这块残碑就是极乐寺碑。

或许也是在这样一个阳光温煦的午后，一个拓碑人把一张宣纸像一张网似的铺在极乐寺碑上，然后小心翼翼地把一个个字从时间的海中打捞上来。山风从雪白的宣纸上拂过，一个个黑色的字开始从沉睡中苏醒过来。

不知极乐寺碑损坏于何时？耳边仿佛传来一声闷响，似雷声消逝在山的那边。距今六百多年的极乐寺碑断了。没有人知道。一株南瓜藤从旁边的田园里爬过来，卧在石碑身旁，开了一朵黄灿灿的花。

四

极乐寺与这块残碑，隔着一小片梯田。四季豆的藤蔓已开始渐渐枯萎，茄子虽还开着花，结的果实不是驼背就是躬腰。秋的萧瑟之气已悄然而至。只有稻禾越发茁壮，酝酿着登上季节金灿灿的巅峰。

天地间的荣枯兴衰无时无刻不在进行，大地上的事物消失又在轮回。眼前的极乐寺，五间平房，简陋，寂静。从唐代到现在，生生灭灭，没有被湮没在一千多年的时间里。

寺坐西朝东。站在寺前极目远眺，四围青山如屏，绿野平畴尽收眼底。寺在山的褶皱处，深藏不露，外面进来看不到寺，而寺内看外面却一览无遗。明弘治《温州府志》记载："极乐禅寺在泰清乡后梁龙德间建。"应是基禅师搬极乐禅寺到前山的时间，就是现址。

极乐寺所在的高山盆地，有多条山岭通往瑞安。寺前岭，我曾走过，翻过山去，是瑞安的朱山、东元等地。这几个地方与泽雅一样，都是造纸古村，峡谷山涧边水碓和纸槽错落有致，旧日造纸盛况可见一斑。尤其是村人讲的不是瑞安方言，而是泽雅方言，应是寻觅适合造纸的水源从泽雅这边搬迁过去。另一条叫和尚岭，翻过山是瑞安山后，这条岭估计是极乐寺的僧人修建，才有此名。

寺前岭曾走过太平军的铁马。一八六二年二月，太平军进攻温州，四次攻打不下温州府城。将领白承恩便出奇计，亲率精锐部，从青田万山越白沙岭突入瑞安飞云小港，另派偏师绕道永嘉林垟（今瓯海区北林垟），翻越朱山，在瑶庄会合，到河上桥，在大岭巧摆荷包阵，千余乡兵陷入包围。白承恩部乘胜进驻潮至一带，直指瑞安县城，不料在桃花垟中了埋伏，白承恩死于抬枪之下。白承恩是温州平阳人，熟悉温州地形。白承恩派出的偏师就是经极乐寺旁的寺前岭往瑞安朱山方向。离此地不远的山涧中有一条石桥，原是一条木桥，当年清兵与太平军在这里对峙烧毁了木桥，后修建为石拱桥，就叫"火烧桥"。传说白承恩的部队把军粮、物资，甚至珍宝，藏在极乐寺，作为攻打温州的后方仓库。现在当地还流传着一句顺口溜："极乐极乐，三步上三步落，谁人得到谁人与寺院对半夺。"此话，像一句开启宝藏的密语。

民间还传说，极乐寺有九十九个和尚，为凑足一百个，打了一个石和尚站在寺前，从此寺院就衰落了。传说虽是佛家教化人凡事不能做得太满，但从另一个侧面反映了极乐寺曾经的规模。北林垟现年九十七岁的老人黄有花回忆，极乐寺原有三进，年少时曾去烧过香点过灯，寺前的梯田以前都是极乐寺的范围。一九三九年，极乐寺毁于山洪泥石流，直到一九九八年，才在原址上修建，就是现在五间简易的平房。从寺里的一块碑上得知，极乐寺最近一次修护是在二〇〇五年秋，村民募捐修整了寺前的路、寺门、屋瓦和电线。这块碑与那块残碑，相距不过十米，却隔了六百多年的时光。极乐寺播下的那一颗善的种子，一直在这片土地上开出花来。寺后有一口井，山泉从石头缝里渗出，汪汪一潭，不枯不溢。

望向刚才走过的小径，弯弯曲曲，浸润了遥远的信息。山野藏匿的秘密，与脚下蓬勃的野草，枯荣与共。

五

那一个身影总在我的意念里挥之不去，有时清晰，能感觉到它就在前面的田野上耕耘的样子，有时模糊，不过是风起时刹那寂灭的一个念头。

再次进山，已是一个月后。坐车与步行进山感受完全不同。车在山间盘旋上升，耳朵被堵了一层东西似的嗡嗡作响，不断提醒着山的高度，也提醒着我曾经拥有、现在已失去的山性。

此前绿色的山谷，已变成金色，连阳光都有了金属般的声音。我是为那个人来的。他是"夏九"。极乐寺碑文中记述他捐出自己的良田，作为极乐寺的恒产，供养寺僧。夏九是泽雅历史上唯一记录在案的有名有姓的唐朝居民。

夏是一个古老的姓氏，是中国最早的朝代夏朝大禹的后裔。夏氏从何时迁入东海一隅的温州？古老中国人口流向，对应着一次次历史的大动荡。西晋的"五胡乱华"，唐朝的"安史之乱""黄巢起义"，北宋的"靖康之难"，战乱的大灾难，迫使着中原人，带着族群，向着南方，一批批上路。在历史大迁徙的洪流中，哪个身影是夏九，或是夏九的族人？一九八八年版的《瑞安市地名志》载，夏仁明，唐僖宗时避董昌乱（875 年）自山阴迁闽东赤岸转迁瑞安苔湖。文成《会稽郡夏氏宗谱》记载：夏仁俊，唐中和元年（881 年）自会稽县（今属绍兴市）迁居安固县（今瑞安市）白云山下呑底村（今泰顺县莒江乡下村），因父于刘汉宏叛唐时义诤被杀，隐居下呑底村。这两支迁入温州的夏氏，是夏九那一支吗？夏九行九，前面还有夏一、夏二、夏三……迁徙北林垟高山盆地中的夏九这一支，在当时可能已是一个大族。

温州偏安一隅，社会相对稳定，不论是黄巢起义，还是接着的五代十国，都没有发生过战乱杀戮之大祸，反成避乱之民的流入地。唐僖宗乾符五年（878 年），黄巢从仙霞岭入闽血腥屠杀，闽北居民大批流入温州。这也是继两晋"五胡乱华"流入温州的第二批人口。而浙东地区不断发生的农民起义，如天宝三载（744 年）的吴令光起义、浙东"海盗"起义、宝应元年（762 年）舟山岛袁晃起义、大中十三年（859 年）浙东裘甫起义、乾符二年（875年）浙西王郢起义等，都直接波及了温州，促使一些人离开易动乱的河谷和滨海地带，进入山区。

顾况《仙游记》载：

> 温州人李庭等，大历六年，入山斫树，迷不知路，逢见漈水。漈水者，东越方言，以挂泉为漈。中有人烟鸡犬之候，寻声渡水，忽到一处，约在瓯闽之间，云古莽然之墟。有好田、泉竹、果药，连栋架险，三百余家。四面高山，回还深映，有象耕雁耘，人甚知礼。野鸟名鸲，飞行似鹤。人舍中，唯祭得杀，无故不得杀之，杀则地震。有一老人，为众所伏，容貌甚和。岁收数百匹布，以备寒暑。乍见外人，亦甚惊讶。问所从来，袁晃贼平未，时政何若，具以实告。因曰：愿来就居，得否？云：此间地窄，不足以容。为致饮食，申以主敬。既而辞行，斫树记道。还家，及复前踪，群山万首，不可寻省。

这俨然是唐代的"桃花源记"。顾况在温州任职，这个故事不致全无踪影。动荡的晚唐，夏九他们或许从河谷平原出发，朝着西面的这片高山峡谷而来，"寻得桃源好避秦"。

山峦叠翠的山间盆地，带给夏九安宁的气息。他在这片莽苍的山谷里站定，将锄头举过头顶，用力楔入茂盛的草丛，当一股泥土的腥香，从萋萋的荒草上漫过时，他的脸上不禁泛起微笑。然后，一锄，一锄……黑色的浪花，绵延开来。一场雨水后，一片茸茸的绿色长了出来，再给几天南方的好天气，稻谷的清香就开始在山谷里流动。人的繁衍也如草木，夏九的族人也像一把种子在山谷里撒开来。

不知道夏九后裔现在北林垟还有多少人？问当地村民李宗玉。"现在当地没有一个人姓夏的。"他们去了哪儿？夏九一族消失得只留下一个人名，这令人匪夷所思。

李宗玉给我讲了一个当地的传说："北林垟最早的居民是夏姓和叶姓。后来，夏和叶两个家族都染上瘟疫，只留下叶家一个孩子，是后来搬来的陈姓人的外甥，就由舅舅养大，跟着姓了陈。随着陈姓家族在当地不断壮大，陈家人排挤这位外姓人，已经长大的叶氏后人，就搬出来自立门户，就是现在的下垟村。他们在家庙里立了夏九牌位，称'夏九明王'。"这个传说让我内心惊喜。传说是风书写的历史，但保存了一些恒定的东西。

穿过金色的稻田，下垟村从金色的稻浪中像一座小岛浮上来。蜿蜒的村道上晒着谷子，羽毛雪白的鸭子在水塘里扑打着翅膀，南瓜、冬瓜卧在矮墙上晒着太阳。好一个安适的小村。

"吱嘎"一声，仿佛打开的不是庙门，而是一扇时间之门。我走了进去。"原来夏九在此！"一个弃世如此之久的人，没有被时间湮没。"夏九"正襟危坐在神座上，目光从我头顶越过，投向门外那一片金色的田园。姓陈的叶氏后人立夏九为家神，让族人世代供奉，此中又有什么隐秘的原因呢？问村人，没有人知道答案，留下无限的想象空间。

李宗玉又带我们去了一个当地人叫"夏叶宕"的地方，说是夏家和叶家最早的居住地。那是一块山凹地，离下垟村不远。竹林中残留着一段段青黑色的断墙，一些砌墙的方石散落于林中，陷入泥土。夏九他们就住在这里吗？虽然隔着时间厚重的帷幕，他们的气息还是在竹林间弥漫，仿佛手一伸就能牵住他们的衣袖。

再次去看极乐寺残碑，手指轻轻地抚摸着"夏九"这两个字。寺前的田园里，下垟村的陈林云和他的儿子正在收割稻谷，身影仿佛就是千年前的夏九。

秋光清澈，风从广阔的田野上吹过，时间的深度消失了。远山的草树微微摆动，有两个人影从对面的葱岭上下来，大袖翻飞，穿过金色的稻田，朝着我们这边走来，已听到他们的谈笑声。一位高声吟道：

"雁荡峰头春水生，无边木叶作秋声。六龙卷海上霄汉，万马嘶风下雪城。春尽不知阳鸟去，岩高惟许白云行。故人家住青山下，野竹寒流亦有情。"

"君美兄，我在雁荡山作的这首诗，如何?"说着就朗声笑起来。

"慧生兄的这首《题大龙湫和李五峰韵》写得豪健，与兄台相比，我的那些诗文就显得小家子气了。"

"贤弟谦虚了，铁关禅师重振极乐寺宇，你捐出百石租谷助缘，让人感佩。"

"我们此番前去极乐寺也是'故人家住青山下，野竹寒流亦有情'之意境也。"

"快快走，铁关禅师已在等我们了。"

极乐寺残碑，立在山谷里，像老僧入定。山无语，水潺潺，白云千载空悠然。远望，旷野那边炊烟升起，鸡犬之声相闻，此地仿佛还是千年前的唐朝。

二〇二一年十月七日

德清有珠

一

一个欲雨欲雪的天气，我在德清。毕竟是浙北，树枝头连一二片黄叶都没剩。这是北气所致。大家都说："下雪吧！"多么美好的梦呀！在南方，盼望下雪就像等一封锦书。

德清两日，雪不来，不期然却走进一个珍珠的世界。看雪和看珠，都是美好的事。

这是一家珍珠博物院。先看到一艘船。这是一艘浑身上下镶满珍珠的船，大概有六米长两米宽的样子。说用了两百多万颗珍珠，仿郑和下西洋的船形。郑和的船叫宝船，不知是因郑和的小名"三宝"而得名，还是因出洋寻宝而唤之。

如此一个庞大的开场，让人始料未及，仿佛已至一条大河边，欲扬帆而去。

此间造像意在"海上丝绸之路"。珍珠是"丝路"朝贡贸易的商品，在唐朝大概相当于十八世纪和十九世纪英国人眼里的钻石。薛爱华在《撒马尔罕的金桃》中写道："贞观十六年（642年），唐朝接受了天竺国贡献的'大珠'，天宝八载（749年）接受了林邑国城主卢陀罗遣使贡献的'真珠一百条'，天宝九载（750年），波斯鬼国献'无孔真珠'，大历六年（771年）波斯再献真珠。"还写了唐人接受珍珠的心态："很高兴……又摆出一副藐视的态度……似乎只是作为蛮夷自愿来朝的象征才接受这些东西，是'化中国而及外夷'的代价。"薛氏讲物又讲人。物不仅仅是物，意义正在于此。

郑和是执行明朝"宣德化而柔远人"的外交政策七下西洋，把中国朝贡贸易推向了极致。北京大学考古文博学院林梅村教授的《观沧海——大航海时代诸文明的冲突与交流》一书从考古、历史、艺术、科学等领域，探索郑和下西洋之后，欧洲、伊斯兰世界和大明王朝的冲突和交流，展现了对东方的丝绸、瓷器、珍珠、茶叶、香料诸物的欲求背后海上霸权的明争暗斗，列强势力的此消彼长。当年仁宗叫停下西洋船队时，郑和曾披肝沥胆力陈："欲国家富强，不可置海洋于不顾。财富取之于海，危险亦来自海上……一旦他国之君，夺取南洋，华夏危矣！"郑和意识到海洋时代的到来，可惜没能开启它的序幕。那些从波斯湾带回来的明珠，不知流落何方，想来已经回到了它的故乡。

看历史，我们未来人的眼睛是自由的，可仰观，俯视，回望，感知它们以自然、权力、审美、伦理、食物、天灾、人祸等不同的面目参与人类历史的演进。一粒珍珠的历史，其实也是人的历史。

二

中国最早记载珍珠的文献是《尚书·禹贡》，其中载有"淮夷蠙珠暨鱼"。

寻找食物的先民在河边打开河蚌发现珍珠的那一刻，也是天与地接通的一瞬。有的说，是南海鲛女望月而泣流下的泪；有的说，是夜晚落入大海的露珠；德清的老人家说，是月亮公公和月亮婆婆生气砍月桂树，木屑掉下来，河蚌吃下而成了珍珠。

宋应星在《天工开物》中这样写："凡珍珠毕产于蚌腹，映月成胎，经年最久，乃为至宝。"又说，"凡蚌孕珠，即千仞水底，一逢圆月中天，即开甲仰照，取月精而成其魄。"这位明朝的科学家如此浪漫化的描写也是远古传说濡染的吧。

以珍珠为饰，周文王开了先河："周文王于髻上加珠翠翘花，傅之铅粉，其髻高名曰凤髻，又名步摇髻。"（《妆台记》）而后才风及皇帝的冠冕、龙袍，百官朝服，进而成官级标识。珍珠的光芒，开始象征权力。《本草纲目》载："珍珠味咸，甘寒无毒……涂面……止泻……除小儿惊热……止遗精白浊……解痘疗毒。"珍珠开始从宝贝上升到药品，古人认识的改变，可见其利用和研究已入精微之境。

珍珠得之不易。潜水采珠兴于秦汉，最初没有任何呼吸辅助设备，到了明代才有了相应的设备和技术。博物院里模拟呈现了《天工开物》中描述的采珠情景：二人系长绳于腰间，携篮潜入幽深的海底；一根锡造的弯环空管，一头对着水中人的口鼻，这是最初的呼吸设备。"拾蚌篮中，气逼则撼绳子，其上急提引上，无命者或葬鱼腹。凡没人出水，煮热氄覆之，缓则寒死。"宋应星的文字看得人胆战心惊。据说，明代因采集过度，珠源枯竭，出现"以人易珠"的现象。

三

一个地方建有珍珠博物院，是有底气的。于珍珠，德清定有别样的历史。我对囚禁在那一束光下的物和文字细细辨认。

一个边沿缺损的耀州窑青釉牡丹粉盒，出土于陕西蓝田北宋吕氏家族墓园吕嫣墓，粉盒里面残留着珍珠粉。蓝田，是我喜欢的李义山《锦瑟》中"蓝田日暖玉生烟"的出处，还有前句，"沧海月明珠有泪"，嵌了"南海鲛女滴泪成珠"的典故。琴音犹在，无奈年华似水，物是人非。好在物比人长久！

挨着的是一个河蚌的贝页，内壁附着一尊佛像珍珠，脸容衣履清晰可辨。这种附壳佛像珍珠，是将锡或其他金属的、木制的、骨质的浮雕，放在蚌的贝壳和外套膜之间，经过两到三年的养殖而成。这项技术始于南宋，是目前世界上有记载的最早的珍珠养殖技术，地点就在湖州德清。

再定睛一看，被蝇头小字里藏着的事件惊到了。原来，南宋时期，湖州府人士叶金扬成功培育出附壳佛像珍珠，并在德清进行大规模的推广。而后，珍珠养殖技术从中国德清传至欧洲、日本等地，影响了世界。由此可见，德清是世界养殖珍珠的发祥地，叶金扬是世界珍珠养殖技术的始祖。这是一个从天然珍珠到养殖珍珠科学技术的跨越，是人类的福音。

叶金扬生活的宋朝，是"现代的拂晓时辰"，中国文明的花正放。陈寅恪先生说过："华夏民族之文化，历数千载之演进，造极于赵宋之世。"别的在此不列，就说宋朝出现的大量研究万物的谱录，如《墨谱》《香谱》《荔枝谱》《茶录》《梅谱》《菊谱》《蟹谱》《橘录》《昆虫草木略》《禽经》《促织经》，等等。去看看《四库全书》收录的谱录，几乎都出自宋人之手，且不说指南针、活字印刷术、火药的发明。宋人对万物充满好奇，是一个"格物致知"的时代。两宋的海外贸易比唐代更积极。宋朝开国不久，宋太宗就"遣内侍八人赍敕书金帛（丝织品）分四纲，各往海南诸蕃国，勾招进奉，博买香药、犀牙、真珠、龙脑。每纲赍空名诏书三道，于所至各处赐之"，以现在的话说就是招商。苏轼曾称赞吴越"象犀珠玉之富，甲于天下"。象犀珠玉非浙江所产，显然是诸国的舶来品。宋室南渡后，北方被辽、金所占，浙江成了东海航线的主干道和南海航线的重要分支，海上贸易就转移到明州（宁波）、泉州、杭州、温州等港口。这就是叶金扬发明中国珍珠养殖技术的文化背景。

叶金扬的身世不详。历史机微难测，在百年、千年的尺度上，真正重要的事件可能发生在那些被漠视的人之间。可以想象，叶金扬是一个农民，与大多数的吴越人一样，种桑养蚕也撒网捕鱼，不然也会留下一本《珍珠谱》。

四

叶金扬的信息最早来自海外。

一八五三年，美国麦嘉湖博士在艺术协会杂志上发表论文《中国的珍珠及珍珠制造》。一八五六年，英国领事海格在大不列颠及爱尔兰皇家亚洲学会期刊上发表了论文《中国自然及人工珍珠生产》。

我看了这两篇调查报告的译文。文章没有想象力的沟回曲折，没有文字的乔装打扮，字里行间，两位外国人在德清两日的忙活一目了然。以麦嘉湖的话说："经过连续两天的调查，所获得的以下结果应该是可信的。"

十九世纪中叶的中国，是一个怎样的时空？鸦片战争后，宁波被辟为"通商口岸"中的一个，江北岸临水的三角地带成为外国人的居留地。这些外国人在中国从事丝绸、茶叶、瓷器、棉、鸦片等贸易，还有传教。"人工养殖珍珠引起居住在宁波的外国人注意好多年了。"他们的注意力来自当地富商帽子上镶着的珍珠，最初认为是假的，后来发现都是真正有价值的珠宝，而且是相邻宁波的湖州及周边城市的重要贸易品。

英国人海格和美国人麦嘉湖最终把关注付诸了实际行动。他们为此准备了很长一段时间，比如，物色了"当地一个聪明人"作向导，"居住在宁波的美国内科医生"帮助做了前期的准备。他们的旅行包里除了笔记本诸物之外，应该还有一把锋利的手术刀，可以迅速打开河蚌并取出珍珠。

一八五一年的冬天，应该比今天冷，或许正在下一场雪，但可以确定京杭大运河没有冰封。海格和麦嘉湖与那个"当地的聪明人"一起从宁波出发，走水路，三天后到达了湖州德清的钟管和十字港。"这两个乡镇位于浙江北部、丝绸生产区——德清附近。"

宋人葛应龙语："县因溪尚其清,溪亦因人而增其美,故号德清。"德清是一个山光水色和人文交相辉映之域。十字港是浙北杭嘉湖地区最重要的水路枢纽。南达杭州,北经湖州直达太湖,东经荷叶浦与京杭大运河相连接,西经东苕溪可达天目山。宋代以来商贾云集,是行旅者南来北往的必经之地。

冬天,莫干山的苍郁之气全部倾倒下来,浙北杭嘉湖平原乡村萧瑟中平添了一份静谧和富足。两位从海上来的异国旅行者,只对当地倒映着天光云影的河塘有着探险般的兴趣。他们的高鼻梁蓝眼睛定会引起当地人的警惕,幸有当地人从中周旋。三人或乘舟,或行于堤岸,进入小桥流水人家,搅动冬日宁静的河塘。他们以打开一个河蚌的方式进入中国江南最隐秘的部位。

海格和麦嘉湖在德清采取了口述和实地取证相结合的方式"大范围展开工作",各项记录做得非常细致。但麦嘉湖显然比海格专业:"5月或6月的时候,将距离城镇30英里外的太湖中大量蚌类装进竹篮运来……珠核的引入是一个相当谨慎的操作过程。先用珍珠母制成的小铲子将贝壳轻轻打开。将软体动物的其他部分用小铁针仔细地从贝的表面分离开来。把异物放在竹棒的分叉点,连续不断地引入蚌体内……几天后,就会发现贝体开始出现一层膜状物……11月,要用手工方式将贝壳小心收集起来,先将肌肉部分清除，然后用锋利的刀子将珍珠剖出。"

现在我们感受到他们此次旅行的兴奋点了。浙北冬天刺骨的寒风和河水并没有让他们的手指失去灵活性。乡民看不明白他们写的"游记"，这种像蚕吐丝一样连绵不断的写法，发出的沙沙声听起来真像春蚕啃食桑叶。海格和麦嘉湖"最终获得了能够展现生长过程中不同阶段的贝壳"。

德清珍珠养殖技术的源流也是要调查清楚的，这是两位博士做学问的专长。此时十二世纪的叶金扬穿越到十九世纪的海格和麦嘉湖的笔下。海格写道："这一方法是由叶金扬发明的，他是公元1200—1300年的湖州当地人。叶金扬死后，为了纪念他，后人在距离湖州26英里的一个叫小山的地方为他建立了一座巨大的寺庙。这座寺庙至今存在，且每年都会举办纪念活动。"今人考证，"小山"就在今天武康镇龙胜村，小山麓古有小山寺，又名翠峰寺。现只留下遗址。而南面一个叫"小山漾"的湖泊，仍保存着珍珠养殖的传统。

海格和麦嘉湖应该是在德清的第二天到了小山，他们在当地一本书中的一篇关于区域贸易的文章里看到养殖珍珠的工艺流程，但此书不卖给他们。或许这是他们在德清遇到的唯一挫折，但由此他们知道了珍珠贸易在这里是垄断生意，其他乡镇或者家族要加入珍珠贸易，必须要在叶金扬寺庙举行祭祀活动，还要捐款给寺庙。这相当于认祖归宗，承认叶金扬是此行的祖师爷，这是行规。"这些东西都是第一次为外国人所见。"海格不由感叹。可见他们此行获得前所未有的成功。

海格和麦嘉湖在德清的时期，湖州及周边城市大概有五千多人以养殖珍珠为生。清末，养殖珍珠技术没落，直至技艺失传。"春水龙湖水涨天，家家楼阁柳吹绵。菱秧未插鱼秧小，种出明珠颗颗圆。"明人伍载乔诗中的德清周边农家养珠情景遁入了时间的深处。

麦嘉湖在文末说出了此行的目的："我那些聪明的同胞们也许乐意承担起这份事业。珍珠工艺是最容易改进的，比如以前必须从事的危险潜水捕捞现在也不需要了；通过珍珠贸易或者制造技术，人们可以获得巨大的利润。但是相比于珍珠给人类带来的福音，这只能算其中微不足道的收获。"

一场战争，必是一场争夺。以一朵美丽的罂粟花而起的战争，挟裹了东方帝国的万物卷入汹涌澎湃的大西洋，珍珠只是其一。史景迁等海外汉学家认为，鸦片战争将一个原来一直脸朝内陆的国家转了一个方向，开始直面大海。

十九世纪五十年代，"叶金扬""下西洋"后，于二十世纪六十年代，重返故乡，回到德清。也是这个叫"欧诗漫"的珍珠博物院的另一个缘起。

德清两日，遇上海格和麦嘉湖的两日。看珍珠，也看一粒珍珠折射下的历史碎影。离开时，一只朱鹮从下渚湖飞起，雪白的羽翼，像一封宋朝来信。

二〇一九年二月二十日

图书在版编目（CIP）数据

古游录 / 周吉敏著. -- 武汉：长江文艺出版社，2023.4

（文化散文经典系列）

ISBN 978-7-5702-2570-5

Ⅰ. ①古… Ⅱ. ①周… Ⅲ. ①散文集－中国－当代 Ⅳ. ①I267

中国国家版本馆 CIP 数据核字 (2023) 第 020701 号

古游录

GU YOU LU

责任编辑：周　聪	责任校对：毛季慧
封面设计：颜森设计	责任印制：邱　莉　王光兴

出版：长江出版传媒 | 长江文艺出版社

地址：武汉市雄楚大街 268 号　　　邮编：430070

发行：长江文艺出版社

http://www.cjlap.com

印刷：湖北新华印务有限公司

开本：880 毫米×1230 毫米　　1/32　　印张：6.375　　插页：4 页

版次：2023 年 4 月第 1 版　　2023 年 4 月第 1 次印刷

字数：118 千字

定价：52.00 元